KB114023

도시 마도사 6

네르가시아 장편소설

초판 1쇄 찍은 날 § 2017년 4월 18일
초판 1쇄 펴낸 날 § 2017년 4월 25일

지은이 § 네르가시아
펴낸이 § 서경석

편집책임 § 최지원

펴낸곳 § 도서출판 청어람
등록번호 § 제387-1999-000006호
등록일자 § 1999. 5. 31
어람번호 § 제1-2679호

주소 § 경기도 부천시 부일로 483번길 40 서경B/D 3F (우) 14640
전화 § 032-656-4452 팩스 § 032-656-4453
http://www.chungeoram.com
E-mail § chungeorambook@daum.net

ISBN 979-11-04-91290-0 04810
ISBN 979-11-04-91082-1 (세트)

도시
마도사

6

네르가시아 장편소설
FUSION FANTASTIC STORY

도서출판

청어람

차례

C O N T E N T S

제1장
도망자

대전 신탄진 산업단지 안.

다다다다다!

공격용 헬기 열 대가 산업단지 상공을 부유하고 있다.

―여기는 둘기 하나, 도주로를 차단하고 있다. 하지만 타깃은 보이지 않는다.

―둘기 하나, 계속 대기 바람.

―알겠다.

이들 헬기는 오로지 한 사람, 카미엘을 잡기 위해 동분서주하고 있었다.

헬기들이 산업단지 안을 샅샅이 뒤지고 있을 무렵, 몬스터 군단과 육군 제13사단은 대치 중이었다.

야포와 박격포 등으로 몬스터 군단을 압박하고 있긴 하지만 13사단은 좀처럼 방어막을 뚫지 못하고 있었다.

13사단장 장태식 소장은 벌써 열 시간째 작전에 진전이 없자 뭔가 좀 이상하다고 생각했다.

"몬스터의 숫자가 아무리 많다곤 하지만 치밀한 작전을 세워 공격하는 인간의 군대를 막아낼 수는 없다. 뭔가 좀 이상해."

장태식 소장이 골똘히 생각에 잠겨 있을 무렵, 13사단 예하 33연대의 부대장이 그를 찾아왔다.

그는 장태식에게 현재 전방에서 벌어지고 있는 전투의 양상에 대해 보고하였다.

"사단장님, 전투 보고 드리겠습니다. 현재 보병 2개 연대가 적과 치열한 대치를 벌이고 있는 중입니다. 적들은 단단한 껍질을 가진 몬스터들을 앞세워 방벽을 쳤으며, 그 뒤로 원거리 공격이 가능한 괴물들을 포진하여 방어진을 펼치고 있습니다."

"방어진? 몬스터들이 방어진을 쌓았다고?"

"예, 그렇습니다. 그 전략 전술이 생각보다 치밀해서 어지간해선 뚫기가 힘듭니다. 더군다나 산업단지 주변의 강변을 모두 초토화시켜 해자를 파고 성벽을 쌓았기 때문에 포병 세력이 압도를 한다고 해도 보병들의 진입이 어려울 것으로 보입니다."

"해자……!"

"확실하지는 않습니다만, 해자 안에 대형 악어와 상어들이 도사리고 있기 때문에 잘못 진격했다간 보병을 모두 잃을 수도 있습니다."

장태식 소장은 충격에 빠졌다.

"몬스터가 해자를 파고 성벽 안에서 농성을 벌인다는 것은 있을 수도 없는 일이다. 몬스터가 그렇게까지 지능이 높을 리가 없어."

"저희들의 생각도 그렇습니다. 몬스터의 지능은 기껏 해봐야 2에서 3세에 불과합니다. 3세 유아가 농성전을 생각한다는 것은 어불성설이지요."

"그럼 저건 도대체 뭔가?"

"몬스터를 지휘하는 뭔가가 있는 것 같습니다."

"…괴물을 지휘한다고?"

"예전에 유엔 조사단에서 보병 측으로 보낸 협조 자료에 의하면 몬스터를 지휘할 수 있는 능력을 가진 사람들이 있다고 했습니다. 실제로 발록 용병단이 그들과 전투를 벌인 경험이 있었고요."

"음, 그렇다면 인간 일만과 싸우는 것보다 훨씬 힘든 전투가 될 수도 있겠군."

"맞습니다. 지금은 그나마 놈들이 밖으로 달려 나오지 않기 때문에 이 정도이지 잘못하면 역으로 우리가 수세에 몰릴 수도 있습니다."

"큰일이군."

장태식 소장은 이곳에 몬스터가 창궐했다는 소식을 듣고 놈들을 격멸하기 위해서 파견되었지만 놈들이 왜 이렇게 우르르 집결했는지에 대해선 전혀 들은 바가 없었다.

때문에 놈들이 언제 다리를 건너 공세를 펼칠지 알 수가 없었다.

"안 되겠다. 우리도 지금 당장 방어책을 세워야겠다."

"하지만 전투가 워낙 치열해서 방벽을 세우다가 병력이 다 죽을 겁니다. 저놈들이야 애초에 생명체로 성을 쌓았기 때문에 문제가 없었다고 하지만 우리의 경우엔 그게 아니지 않습니까?"

"그렇다면 보병들을 후퇴시키고 성벽을 쌓는다. 일단은 포병 세력으로 계속 공세를 취하다가 우리의 성벽이 완성되면 다시 보병을 진지로 보내도록 하지."

"예, 알겠습니다."

사단장의 입장에선 몬스터를 격멸하는 것도 중요했지만 군사들이 역습을 당해 전멸하는 것을 막는 것도 중요했다. 때문에 그는 병력을 일보 후퇴시키는 고육지책을 쓴 것이다.

장태식의 명령이 하달되자마자 보병들이 하나둘 후퇴하기 시작한다.

―여기는 제1대대, 2대대와 함께 후퇴하겠다.

―알겠다. 포병연대는 계속해서 사격할 수 있도록.

―입감.

체계적으로 후퇴하여 후방으로 벗어난 13사단은 콘크리트와 모래주머니 등으로 벽을 쌓기 시작했다.

*   *   *

다다다다다!

헬기의 프로펠러 돌아가는 소리가 공장단지 골목골목에 울려 퍼지고 있다.

카미엘은 잠시 쓰레기통 뒤에 은신하여 상황을 관망하고 있는 중이다.

"이 새끼들, 아예 퇴로를 전부 다 차단해 버렸군. 우리를 잡아 죽이려 작정한 거야."

"일만의 몬스터라니, 도저히 상상할 수도 없는 숫자예요. 도대체 저 많은 몬스터를 어디서 끌고 온 것이죠? 처음 보는 몬스터도 꽤 많던데."

카미엘은 자신이 지금까지 지구에서 본 몬스터들과는 차원이 다른 개체들이 있음을 부정할 수 없었다.

그가 제주도에서 질리게 본 몬스터들도 지구의 과학자들은 처음 나타난 개체들이라며 식겁했지만 이 정도는 아니었다.

"지금 사방에서 야포가 쏟아지고 있습니다. 이 정도 공격을 막아낼 수 있는 개체는 그리 많지 않아요. 보티스나 안토니스 정도가 되겠지만 안토니스는 이런 육지에서 볼 수 없는 초대형 몬스터입니다. 단일 개체의 크기가 거의 축구 경기장 네 배에 달하는데 육지에선 볼 수가 없죠."

"흠."

"맷집이 좋은 골렘도 포탄에 맞으면 팔다리가 부러지고 맙니다. 이 세상에 다이아몬드로 만들어진 골렘은 없으니까요. 하지만 거북이과 몬스터인 보티스나 안토니스는 화염과 포탄에 아주 강합니다. 특히나 보티스는 용암 지대에서 사는 거북이이니 포화를 맞는다고 해서 눈 하나 깜짝하지 않을 테지요."

"그럼 어떻게 해요? 우리는 여기서 다 죽는 건가요?"

"그렇게 되지 않기를 바라야지요."

"…이럴 줄 알았다면 그냥 건물을 빠져나오지 말 것을 그랬어요. 그랬다면 당신의 동료들에게 구조되었을 수도 있잖아요."

카미엘은 솔로몬과 합류하기 위해 옥상으로 가는 도중에 몬스터 군단의 파상 공세에 밀려 건물을 빠져나갈 수밖에 없었다.

그는 당시의 상황에 대해 설명하였다.

"촌각을 다투는 그때의 상황에선 더 이상 옥상으로 걸음을 할 수가 없었어요. 잘못하면 우리가 다 죽을 테니까요."

"지금도 뭐……."

"죽을 뻔한 위기가 있었지만 죽지 않았잖아요. 그 정도면 된 것 아닙니까?"

"뭐, 그건 그렇지만……."

잠시 후, 카미엘의 무전기로 솔로몬의 목소리가 들려왔다.

파앗!

─두이, 자네 괜찮나?

"예, 덕분에 잘 살아 있습니다."

솔로몬은 카미엘에게 새로운 좌표를 지정해 주었다.

─지금 신탄진 공업단지 외곽에 차를 세워두었네. 지금 지상 군이 갑천변에 진을 치고 있으니 다리만 하나 건너와도 충분히 목숨을 건질 수 있어.

"하지만 제가 이곳의 지리를 잘 모릅니다."

─내가 지도를 핸드폰으로 보내주겠네. 그곳에는 지름길이 잘 표시되어 있으니 따라오기만 하면 될 걸세.

"예, 잘 알겠습니다."

─신탄진 인근 어디라도 좋으니 건너만 오시게.

"그렇게 하겠습니다."

현재 이곳은 인터넷 전산망이 전부 무력화된 상태이기 때문에 첨단기기를 사용하는 것은 불가능했다. 그나마 모바일 이동 통신의 일부분은 사용이 가능해서 지도 정도를 다운로드하는 것은 가능할 것이다.

잠시 후, 카미엘의 핸드폰이 울리며 지도가 전송되었다.

지도에는 현재의 위치를 가늠할 수 있는 지형지물들이 아주 세세하게 표기되어 있어 길을 찾는 데 전혀 어려움이 없어 보였다.

카미엘은 지금 자신이 있는 위치를 가늠해 보았다.

현재 그는 대전 제4 산업단지 동부에 위치하고 있었다.

이곳에서 남서쪽으로 내려가면 대덕테크노벨리가 있는 관평동 초입에 닿을 수 있고, 그곳에는 강을 건널 수 있는 용신교가 위치해 있었다.

운이 좋아서 용신교까지 닿으면 곧바로 아군 진영으로 갈 수 있겠으나 갑천의 지류가 생각보다 넓어서 건너는 것이 쉽지 않았다.

만약 용신교까지 닿는다고 해도 강을 건너다가 죽을 공산이 높았다.

그는 최단 거리로 가는 것까진 좋지만 강을 건널 방안에 대해 생각하지 않을 수 없었다.

"흠, 가는 것도 문제이지만 건너는 것도 문제군요."

"어쩌면 좋아요?"

가만히 지도를 바라보던 카미엘이 읊조리듯 말했다.

"날아갑시다."

"뭐, 뭘 어쩐다고요?"

"날아가자고요. 날아가면 굳이 강에 발을 담글 필요가 없잖습니까? 그럼 적들의 추격을 덜 받게 되겠지요."

"하지만 눈에 띌 텐데요?"

"그건 어쩔 수 없습니다. 눈에 띈다고 해도 공격만 받지 않으면 괜찮아요."

"으음, 별로 좋지 않은 생각 같은데…… 그리고 나는 것은 좋은데 도대체 무슨 수로 날아요?"

"다 방법이 있어요."

카미엘과 허선선 박사가 의견을 조율하고 있는 사이 잠에 빠져 있던 카트리나가 눈을 떴다.

그녀는 카미엘의 손을 꼭 잡았다.

"…살 수 있을까?"

"갑자기 무슨 소리야?"

"저놈들, 무서운 놈들이거든."

허선선 박사는 그녀의 체온과 맥박을 체크해 보았다.

"126에 71. 맥박과 혈압은 정상이네요. 다만 체온이 약간 높은 것이 걸려요. 혹시 어지럽거나 오심이 있나요?"

"아니요. 괜찮아요."

"흠, 그럼 크게 문제될 것은 없겠네요."

카미엘은 여전히 기억이 오락가락하는 그녀에게 이곳을 탈출

할 것이라는 확신을 심어주었다.

"우리는 강을 건너 군대가 주둔하고 있는 곳으로 갈 거야. 그곳까지 간다면 몬스터 군단도 어쩔 도리가 없겠지."

"밖에는 엄청 많은 몬스터들이 있다면서 어떻게 그곳까지 가?"

"날아서."

카트리나는 슬그머니 미소를 지었다.

"그래, 나는 것은 우리 전문이지."

"하늘을 나는 것은 언제나 기분 좋은 일이야. 물론 높이 날 수는 없지만 말이야."

마도학이 발달하면서 인간의 행동에 제약이 없어졌다.

사람이 오랜 시간 잠수를 하거나 공중을 부양하는 등의 초자연적인 현상이 아무렇지도 않게 자행되었지만 하늘을 새처럼 나는 것은 불가능했다.

워낙에 많은 마법사들이 죽어나간 비상은 법으로 금지되었지만 약간의 활강을 즐기는 사람은 가끔 있었다.

카미엘과 카트리나 역시 그에 대한 추억 하나쯤은 가지고 있었다.

"밥 먹듯이 담을 넘어 다니던 당신이라면 당연히 성공할 거야. 내가 확신해."

"그래, 다른 것은 몰라도 사고 치는 것은 잘 잊어버리지 않는 것이 바로 사람이지."

"후후, 잘 아네."

이제 카미엘은 출발 준비를 했다.

"자, 갑시다. 카트리나는 걸을 수 있겠어?"

"응. 이젠 괜찮아."

"좋아, 출발하자고."

그는 천천히 골목길을 따라 움직였다.

＊　　　　　＊　　　　　＊

크르르르릉!

몬스터의 울음소리가 마치 생존 드라마의 배경음처럼 카미엘 일행의 심장을 후벼 파고 있다.

그는 고개를 들어 골목길 맞은편에 서 있는 한 무리의 몬스터를 바라보았다.

눈동자는 빨갛게 물들었고 입에선 은백색 입김이 뿜어져 나오고 있었다.

카트리나가 쿡쿡 쑤셔오는 머리를 부여잡으며 말했다.

"…소환수군."

"그래, 그런 것 같아. 눈동자가 저렇게 새빨갛게 물들어 있다는 것은 야생의 몬스터가 아니라는 것을 방증하지."

"소환수요?"

카미엘은 몬스터가 출몰하게 되는 조건 두 가지에 대해 설명하였다.

"몬스터를 이 땅에 출몰시키는 방법은 두 가지입니다. 아공간의 문을 열어서 몬스터를 소환하여 진화시키는 것과 또 하나는 사람이 직접 소환하는 것이지요."

"그게 가능해요?"

"일반적인 방법으로는 불가능합니다. 하지만 몬스터의 유전자 정보를 체내에 지니고 있는 몬스터 퀸은 가능하죠."

"몬스터 퀸이라?"

"조금 더 정확하게 표현하자면 부화를 시킨다는 말이 맞겠군요."

"몬스터를 부화시킨다……. 말로만 들어선 과연 뭐가 뭔지 잘 모르겠네요."

카트리나는 되찾은 자신의 기억 속 한 조각을 꺼내 보았다.

"잘 봐요."

그녀는 자신의 손에서 은백색 이기를 뿜어냈다.

스스스스스!

그 이기는 사람 허벅지보다 조금 더 큰 수정을 소환해 냈다.

수정은 영롱한 푸른색으로 빛나며 주변을 끈적끈적한 진액으로 가득 채워 나가기 시작한다.

꾸르르르륵.

수정은 진액 위로 얇은 암석으로 이뤄진 작은 집게벌레들을 소환하였다.

끼이이이익.

집게벌레가 카트리나의 명령에 의하여 변태를 시작하였다.

"소환, 오크."

집게벌레는 진액 위에 단단히 자리를 잡고 앉아 단숨에 거대한 고치로 변신하였다.

두근두근!

마치 태동하는 심장처럼 부풀어 올랐다 가라앉기를 반복하는 고치의 주변은 푸른색 힘줄과 단단한 표피가 자리하고 있어 거대한 알과 같은 형태를 띠고 있었다.

알은 태동할 때마다 부풀어 올라 결국엔 아주 작은 폭발을 일으키며 몬스터를 토해냈다.

푸하아아악!

크룩, 크룩!

그녀가 부화시킨 오크가 빨간색 눈동자에 은색 입김을 내뿜으며 그 자리에 우뚝 섰다.

일반적인 오크와는 조금 다르게 온몸이 푸른색이라는 차이가 있긴 하지만 전체적인 모습은 흔히 볼 수 있는 오크와 같았다.

허선선 박사가 입을 쩍 벌리며 경악했다.

"이, 이게 도대체……."

"있을 수 없는 일이죠. 하지만 몬스터가 소환되는 것 자체가 말도 안 되는 일 아닙니까?"

"그건 그렇지만 이건 좀 너무하군요."

"이 세상에는 믿기 힘든 일이 종종 일어납니다. 상대성이론이 주목을 받은 것도 모두 그 때문 아니겠습니까?"

"이것 참, 정말 세상은 요지경이네요."

카미엘은 오크를 데리고 다니기 힘드니 그녀에게 다시 없애 줄 것을 부탁하였다.

"소환체를 없앨 수 있겠어?"

"그거야 쉽지."

카트리나는 손을 뻗어 소환된 수정을 다시 회수하였다.

슈가가가가각!

수체 구멍에 물이 빨려들어 가듯이 흡수된 수정은 몬스터까지 모두 포괄하여 자취를 감추었다.

이제 소환되었던 것들은 다시 카트리나의 일부분이 된 것이다.

"아무튼 간에 이런 방식으로 소환했으니 일만의 숫자가 아주 놀라운 일은 아닙니다. 능력만 좋으면 얼마든지 소환이 가능하니까요."

"일만을 한 사람이 소환했다면 그것을 지휘하는 것도 가능하겠군요?"

"물론입니다."

허선선은 어째서 군의 방어선이 뚫리고 몬스터가 신탄진 일대를 장악했는지 이제야 이해를 할 수 있었다.

몬스터가 한 사람의 지휘를 받아 공격을 감행했다면 일개 연구소를 초토화시키는 것쯤은 일도 아니었을 테니 신탄진이 가로막힌 것도 충분히 설명이 가능했다.

"그럼 우리가 이곳을 빠져나가는 길은 더더욱 좁아졌겠군요."

"그런 셈이죠. 하지만 소환수들의 지능 자체는 뛰어나지 않습니다. 일만의 몬스터를 모두 일일이 지휘하는 것은 불가능하니 놈들의 멍청함이 분명 빈틈을 만들어내겠지요."

카미엘은 카트리나에게 빈틈이 될 만한 공간이 있는지 물었다.

"만약 카트리나 당신이 수환수를 부린다면 어떤 방식으로 지휘하겠어?"

"일단은 상위 개념의 몬스터들에게 수하들을 부릴 수 있는 권한을 주고 한 덩어리로 무리를 지어 행동하도록 하겠지."

"으음, 그렇다면 저 무리와 무리 중간에는 반드시 틈이 생긴다는 말이군."

"그런 셈이지."

"좋아, 그럼 저놈들만 따돌리면 빈틈은 생긴다."

카미엘은 아공간을 열어 머리에 폭탄을 짊어지고 다니는 폭탄 운반자를 소환하였다.

끼릭, 끼릭!

대략 1미터 남짓의 키를 가진 폭탄 운반자는 마나와 몬스터 코어 병합으로 만들어진 폭탄을 짊어지고 다니다가 카미엘의 신호에 따라 자폭하는 마도 기계였다.

카미엘은 이것을 저 멀리 바리게이트가 있는 대로변으로 보냈다.

"가라."

끼릭!

폭탄 운반자는 발이 네 개 달린 거미처럼 생겨서 재빠르게 걸음을 옮길 수 있는 특징이 있었다.

다만 팔이 없어서 한번 누우면 일어나기 힘들다는 단점이 있었다.

샤샤샤샤샤샥!

최대한 기민하게 움직여 바리게이트까지 도달한 폭탄 운반자는 카미엘의 신호에 맞춰 머리를 땅에 쩛었다.

쿠웅!

그러자 청백색 폭발이 일어나 반경 50미터 안을 쑥대밭으로 만들어 버렸다.

콰아앙!

멀리서 그 모습을 지켜본 카미엘이 쾌재를 불렀다.

"좋아, 이거야!"

몬스터들은 가만히 서서 주변을 둘러보다가 폭발이 일어난 자리를 향해 이동하였다.

크르르르룽!

한 무리의 몬스터가 사라지니 그 자리에 공간이 생겨났다.

카미엘은 두 사람의 손을 잡았다.

"자, 갑시다!"

"들키면 어쩌죠?"

"글쎄요. 거기까진 생각하고 싶지 않네요."

놈들이 있던 자리에는 녹색 오물이 가득했는데 악취가 진동하여 도저히 숨을 쉴 수 없을 지경이었다.

바람을 타고 그 냄새가 날아와 중간 지점을 달리던 허선선 박사의 콧잔등을 강타하였다.

"크흡!"

"…냄새가 지독합니다. 하지만 참아요. 이 지독한 냄새 덕분에 우리가 발각되는 일은 없을 겁니다."

"우욱, 우우우욱!"

카트리나는 손으로 입을 꾹 막았다.

"쉿, 저놈들의 후각은 우리의 상상을 초월한다고. 자칫 잘못했다간 몬스터의 밥이 될 수도 있어요."

"…알겠어요."

그녀는 손수건으로 입을 가리고 가까스로 악취를 참아냈다.

그런 그녀의 고군분투가 빛을 발한 것인지 오물 더미 맞은편에 있던 작은 창고가 발견되었다.

창고는 두꺼운 철문으로 막혀 있고 몬스터의 침입 흔적이 없어서 당분간 휴식을 취하기에 좋았다.

카미엘은 이곳에 일단 숨었다가 다시 움직이는 편을 선택하였다.

"이곳에서 몬스터들이 어떤 방식으로 움직이는지 관찰하다가 탈출 방법을 고안합시다."

"그래요, 알겠어요."

일행은 대략 15평 남짓한 창고 안으로 들어갔다.

*   *   *

창고 안에서 본 몬스터들의 정찰 방식은 인간과 흡사하였다.

한 무리의 몬스터가 순찰을 돌고 있으면 그다음 무리가 들어와 앞 조를 밀어내어 다음 지역으로 보냈다.

해당 지역의 몬스터는 전 지역에서 온 몬스터들이 자리를 차지하면 곧바로 다음 지역으로 이동하여 정찰을 해나갔다.

이런 밀어내기 방식으로 정찰은 상당히 좋은 체계이지만 중간에 틈이 하나만 생겨도 구멍이 생겨나게 마련이다.

카미엘은 다시 한 번 타이밍을 잡아 구멍을 만들어내면 충분히 하늘을 날 시간이 생길 것이라 확신했다.

"상대방 소환사가 얼마나 대단한 인물인지는 모르겠으나 이런 작은 빈틈까지 찾아낼 인물일까?"

"그거야 주사위를 던져봐야 알겠지."

"그래, 어차피 확률은 반반이다."

그는 라바를 소환하여 창고의 중간쯤에 위치시켰다.

끼리리릭.

카미엘은 창고의 문을 아주 조금 열어 밀어내기 정찰을 위해 오는 한 팀의 몬스터를 격살시키기로 했다.

그렇게 되면 약간의 빈틈이 생길 것이고, 소란스러운 상황 때문에 주위가 집중되어 카미엘이 도망치기에 좋을 것이다.

키헤에엑.

이번 정찰조는 운이 좋게도 기형 코볼트라서 단 일격으로 한 무리를 완벽히 말살시킬 수 있을 것 같았다.

카미엘은 필승의 한 방을 준비하였다.

"후우, 준비하시고."

지이이잉!

라바는 자동사격 장치를 통하여 카미엘이 지정한 몬스터들을 조준하였다.

이제 탄환이 발사되기만 하면 몬스터가 전멸하는 것은 시간문제였다.

철컹!

카미엘은 장전과 동시에 발사를 명령하였다.

"발사!"

퍼엉!

라바의 폭탄 사출구에서 탄환이 날아가 빠른 속도로 기형 코볼트 무리를 타격하였다.

끼이이이이, 콰앙!

끄이에에에엑!

코볼트들이 불에 타 죽어버렸지만 이미 수색 명령을 받은 몬스터들은 약간 늦게 반응하였다.

원래대로라면 빠릿빠릿하게 주위에 집중할 수 있었겠지만 두가지 명령을 동시에 수행할 수 없는 몬스터이기에 주위 집중이 느렸다.

카미엘은 이것이 절호의 찬스라고 생각했다.

"자, 갑시다!"

그는 두 사람의 손을 잡고 무작정 달리기 시작했다.

일행은 뒤도 돌아보지 않고 오로지 살겠다는 일념 하나로 미친 듯이 뛰고 또 뛰었다.

그러다 카미엘은 갑천변이 내려다보이는 방죽과 마주하게 되었다.

허선선이 소스라치게 놀라며 외쳤다.

"앞이 방죽이에요! 떨어지면 끝이라고요!"

"알아요! 하지만 떨어질 일은 없을 겁니다! 이제 곧 하늘을 날 것이니까요!"

"하, 하늘을 날아요?!"

카미엘은 자신의 발에 도약 장치를 소환하였다.

스스스스스!

중력을 거스르는 장치인 이 발찌에는 리버스 그래비티 마법이 걸려 있어서 한 발자국만 내디뎌도 강변 하나를 넘나드는 것쯤은 문제도 아니었다.

그는 발찌에 마력을 충분히 불어넣고 힘차게 도움닫기를 하였다.

"하나, 둘, 셋 하면 뛰는 겁니다!"

"잠깐만요! 이건 좀 아닌 것 같아요!"

"나를 믿어요! 하나, 둘, 셋!"

자신의 손을 꼭 잡은 카미엘이 뛰자 그녀 역시 어쩔 수 없이 바람이 몸을 맡길 수밖에 없었다.

파바바밧!

"사람 살려!"

그녀의 외마디 비명이 몬스터들의 주의를 집중시켰으나 한 지점이 모여들어 있어 시선을 빼앗긴 놈들이 돌아오기엔 이미 늦었다.

크르르릉?

카미엘은 도움닫기 한 번으로 무려 100미터를 넘게 날아 교각의 맞은편에 도달하였다.

파밧!

마지막 착지까지 완벽하게 해낸 카미엘은 가슴을 쓸어내렸다.

"후우, 성공이다!"

"…우웨에에에에엑!"

극도의 긴장감과 도약이 가져다준 멀미 때문에 그녀는 속에 있는 모든 것을 게워냈다.

카미엘은 그런 그녀의 등을 두드려 주었다.

탁탁탁.

"잘했습니다. 이젠 됐습니다. 우린 살았다고요."

"다행이네요."

축 늘어진 그녀를 부축한 카미엘은 한국군 진영으로 향했다.

*　　　*　　　*

김정환의 사망에 대해선 말이 많았지만 가장 유력한 용의자는 바로 국정원이었다.

일본의 부검의들은 김정환을 죽음으로 몰고 간 탄환은 총두 발인데 그중에 하나가 몸에 박혀 있었다고 말했다.

경찰들이 탄환을 수거하여 정밀 분석을 의뢰하였더니 한국산 탄환의 일련번호가 적혀 있던 것이다.

전 세계 각 국가들은 최근 테러 집단들이 군부대를 약탈하여 군수물자를 빼돌리고 그것을 암거래하는 것에 대처하기 위하여 새로운 식별 코드를 부여하기로 했다.

워낙 범세계적으로 장물이 마구 돌아다니다 보니 그 장물아비들을 검거하기 위해 나름대로의 돌파구를 찾았던 것이다.

군에서 제조한 탄환에도 모두 식별 번호와 일련번호를 기재하도록 되어 있는데 범행에 사용된 탄환에선 K로 시작하여 S로 끝나는 일련번호가 적혀 있었다.

일련번호의 앞줄은 만든 국가를 표시하는 것이고 마지막 자리는 납품 기관을 표기하도록 되어 있었다.

해당 탄환에선 대한민국의 K, 그리고 정보기관을 뜻하는 S가 마지막에 적혀 있었다.

국정원은 김정환의 죽음과 자신들은 하등 관련이 없다고 주장하였으나 이미 북한의 눈은 뒤집어진 상태였다.

더군다나 일본은 자신들이 보호하고 있는 망명 정치인을 살해하였다면서 국정원을 비난하기 시작했다.

가뜩이나 최근 해저터널 사건과 시위대 사건에 대한 앙금이 풀리지 않은 상태에서 암살사건까지 터지니 한국은 진퇴양난에 빠지고 말았다.

국정원장 최태식은 예하의 모든 간부를 전부 소집하였다.

"…자, 모두 모였으면 누가 한번 설명 좀 해봐요."

"……."

최태식의 집무실에 들어선 간부들이 꿀 먹은 벙어리처럼 서 있자, 그가 자리에서 벌떡 일어나 가장 먼저 보이는 대외공작부장의 멱살을 잡았다.

턱!

"워, 원장님."

"내가 처음 이곳에 와서 당신을 부장의 자리에 앉혔을 때 당신이 뭐라고 했습니까?"

"국가와 조직에 충성을 다하겠다고 말했습니다.

"또?"

"…분별력 있는 사람이 되겠다고 다짐했지요."

"그런데 이게 지금 분별력이 있는 상황이에요?"

대외공작부장은 억울하다는 듯이 고개를 저었다.

"원장님, 그게 아닙니다. 저희 부서는 절대로 그런 일을 벌인 적이 없습니다."

"그런데 이런 일이 어떻게 일어나요? 핑계도 참 가지가지네요."

"저, 정말입니다. 김정환을 살해하자면 대통령령이 떨어져야 합니다. 제가 단독으로 그런 일을 진행했다는 것은 말도 안 되는 일이지요."

"그럼 지금의 이 상황을 어떻게 설명할 겁니까?"

"제3세력의 개입이라고밖에……."

"그걸 지금 말이라고 하는 겁니까?!"

"죄송합니다!"

최태식은 바짝 날이 선 눈빛으로 말했다.

"이틀, 이틀 주겠습니다. 그 안에 범인을 잡아서 이곳으로 데리고 오세요. 만약 그렇지 못한다면 당신들은 모조리 모가지입니다."

"알겠습니다!"

부하들을 밖으로 내보낸 최태식은 곧바로 자신의 사설 정보원들에게 전화를 돌렸다.

안기부를 거쳐 국정원까지 오면서 최태식은 실로 어마어마한 인맥을 쌓아온 사람이었다.

마음만 먹으면 한국에선 못 알아낼 것이 없는 인물인 것이다.

그는 자신의 정보원들에게 범인보다 이 사건을 조장했을 만한 인물을 찾도록 지시하였다.

"오늘 안에 실마리를 잡아야 합니다."

—잘 알겠습니다.

전화를 끊은 그는 청와대 대책 회의실로 향했다.

제2장
그림자놀이

스위스 알프스산맥 중턱의 기암절벽 안 비밀기지에 유엔 조사단 인원들이 모여 있다.

그들은 한국군 국방연구원 습격사건과 김정환 암살에 대한 회의를 하고 있었다.

가장 먼저 다뤄야 할 것은 단연 몬스터 창궐에 대한 일이었지만 그에 못지않게 김정환 암살에 대한 소식도 중차대한 사안이었다.

김정환은 차세대 핵탄두 미사일에 대한 기술을 가진 것으로 알려져 있었기 때문에 그의 존재는 그 어떤 요인보다 중요했다.

만약 이 기술력이 북한에게 돌아가게 된다면 다시 한국전쟁이 발발하여 제3차 세계대전으로 발전할 수도 있었다.

세계대전이 일어나게 되면 한국은 물론이요, 전 세계 모든 나라가 쑥대밭이 될 것이 분명했다.

유엔 조사단의 부단장 에스나 블루스톤은 현재 국정원으로 몰리고 있는 시선들에 대해 문제점을 제기하였다.

가장 먼저 대두된 것은 국정원 내부자에 대한 의견이었다.

국정원이 미치지 않고서야 김정환을 처치했을 리 만무하니 포커스를 내부자에게로 맞춘 것이다.

하지만 국정원이 워낙 폐쇄적인 조직이라 그 어떤 정보도 찾을 수가 없었다.

에스나는 일단 국정원으로 조사관을 파견해야 한다고 역설하였다.

"지금 가장 급한 것은 각 국가 간의 중재입니다. 잘못하면 지금의 이 불화가 커져 나중에는 끄나풀의 도주를 돕게 될 것이 분명합니다."

"하지만 이미 불화의 도화선에 불이 붙었습니다. 쉽게 중재가 되지 않을 것이라고 생각합니다. 만약 범인을 잡는다고 해도 외교 갈등이 시작되었으니 깊어진 골은 채울 수 없단 말이지요."

"그래도 할 수 있는 최선을 다해야 할 것입니다."

그녀는 조사관 두 명에게 한국으로 떠날 것을 지시하였다.

"국정원과 접촉하여 자세한 내막을 알아보고 김정환의 주변도 살펴보십시오. 그가 기거하는 저택에 대한 정보는 대외비로 묶여 있었으니 주변 인물의 소행일 가능성도 배제할 수는 없어요."

"잘 알겠습니다."

이윽고 그녀는 몬스터 창궐 사건을 다루기로 했다.

가장 난감한 것은 어디서 몬스터가 창궐했으며 도대체 그곳에 집결한 이유가 무엇이냐는 것이다.

몬스터가 성벽을 쌓고 농성까지 벌이는 데엔 분명 이유가 있을 텐데 지금으로선 밝혀낼 수 있는 수단이 아예 전무하였다.

"몬스터 학자들은 만나보았습니까?"

"그들의 말에 따르자면 뭔가 호르몬의 문제일 것이라 하더군요."

"호르몬?"

"몬스터는 일반적인 동물과는 조금 다릅니다. 거대하고 포악하지만 지능은 낮지요. 심지어 몸집이 15미터에 달해도 동네 똥개보다 더 못한 지능을 가진 경우가 대부분입니다. 그런 관점에서 본다면 놈들의 내분비계에 이상이 생겼을 가능성이 높다는 것이지요."

"하지만 아무리 호르몬에 이상이 생겨도 전술적인 군사 운영이 가능하다는 것은 쉽게 납득이 되지 않는 문제입니다. 뭔가 우리가 모르는 것이 있을 겁니다."

그녀는 이 문제의 발단을 풀어내기 위하여 한국의 몬스터 학자 이상학을 찾아내도록 지시하였다.

"이상학 박사를 찾아가 봅시다. 그러면 반드시 뭔가 단서를 가지고 있을지도 모릅니다."

"그렇지만 이상학 박사는 워낙 두문불출하여 소재를 파악하기가 쉽지 않습니다."

"알아요. 그러니까 우리가 나서는 겁니다."

에스나는 몬스터 연구학회가 열린 시절에 파악한 그의 소재에 대하여 설명하였다.

"1년 전 그는 지리산에 기거하고 있다고 말했습니다. 이건 꽤 친한 지인들에게서 나온 말이니 신뢰가 있다고 볼 수 있습니다."

"하지만 지리산 어디인지 알 수가 없잖습니까?"

"모르죠. 하지만 필요하다면 지리산을 몽땅 다 뒤져서라도 찾아내야 합니다."

"으음."

해당 임무에는 조사관 네 명이 파견되었다.

"네 분은 해결될 때까지 돌아오지 마세요. 만약 이곳에서 실마리가 생긴다면 곧바로 정보를 제공할 테니 새로운 국면에 접어들더라도 계속 임무를 수행하세요."

"잘 알겠습니다."

그녀는 이어서 신탄진에서 벌어지고 있는 발록 용병단장 구조작전의 진행 사항에 대해 물었다.

"단장님께서 신탄진으로 가셨습니다. 진행은 어떻답니까?"

"아직까지 소식은 없습니다. 조만간 좋은 소식이 들리겠지요."

바로 그때, 회의실 문이 열렸다.

쾅!

"부단장님, 발록 용병단장을 찾았답니다!"

"오오, 그래요?"

"단장님께서 지금 바로 이곳으로 오신답니다."

"잘됐습니다. 그럼 그분의 말씀을 듣고 본격적으로 움직이자고요."

"알겠습니다."

그녀는 조사가 새로운 국면에 접어들었다고 느꼈다.

사지에서 돌아온 사람들에겐 들을 얘기가 상당히 많기 때문이다.

＊　　　　＊　　　　＊

스위스 안전 가옥 안에 있는 사람들의 눈동자가 경악으로 물들어 있다.

크룩, 크룩.

"…도저히 믿을 수가 없군. 몬스터를 부화시키는 능력이라니."

"몬스터를 소환하는 능력을 가졌다는 소리를 들었을 때에도 아마 비슷한 표정을 지었으리라 생각합니다."

카트리나의 소환 능력을 직접 눈으로 지켜본 솔로몬과 유엔 조사단은 기가 막힌다는 듯이 고개를 내저었다.

이러한 능력이 좋은 쪽으로 사용된다면 너무나도 기쁜 일이 겠지만 지금과 같이 악용되는 사례가 빈번해지면 실로 큰일이 아닐 수 없었다.

아공간 안에서 쏟아져 나오는 몬스터들만 해도 머리가 아플 지경인데 한꺼번에 순간 부화가 가능한 개체들이 폭발적으로 늘어난다는 것은 상상조차 하기 싫은 일이었다.

"그렇다면 그놈들의 습격은 온전히 카트리나 씨를 찾기 위함 이었단 말이 되겠군요."

"아마도요. 다소 힘을 잃긴 했어도 그녀의 몸속에는 수만 가지의 몬스터가 자리 잡고 있습니다. 만약 시간이 조금만 더 지나서 기억과 기력을 회복한다면 카트리나도 몬스터 군단을 만들어낼 수 있습니다."

"흠."

"다만 일만에 달하는 몬스터를 만들어내는 것은 혼자선 불가능한 일입니다."

"혼자서 불가능하다면 조력자가 있다는 뜻입니까?"

"저번에도 말씀드렸다시피 마정석이라는 것을 개발할 수 있을 정도의 지식과 실력을 갖춘 누군가가 뒤에 있을 겁니다. 만약 아공간을 만들어낼 마정석 열 개만 있어도 수천의 몬스터를 만들어내는 것이 가능해집니다. 일만의 군대를 갖추는 것쯤은 별것 아니지요."

"골치 아프게 되었군."

카미엘은 이 사건을 해결하기 위해선 원점 타격이 필요하다고 설명하였다.

"저놈들이 더 다양하고 강력한 군대를 조직하기 위해 달려든 것처럼 우리도 마정석의 생산자를 찾아내 처단할 필요가 있다고 봅니다."

"하지만 그런 엄청난 놈을 과연 어디서 찾아내겠습니까?"

"그러게 말이죠."

솔로몬은 일단 자신이 가지고 있는 카드를 꺼내보기로 했다.

"지금 우리가 계획한 법정 공방을 일단 벌여봅시다. 어찌 되었든 간에 김진태를 흔들어놓아야 뭔가 실마리를 잡을 수 있지 않겠어요?"

"좋습니다. 한번 해보지요."

"내가 일단 판을 짜놓았으니 자네가 메인으로 나서줘야겠어."

살해 위협을 받은 화수 본인이 자진해서 얼굴을 드러낸다면 김진태는 사면초가에 빠질 것이다.

솔로몬은 그 틈을 타서 흑막을 가려낼 실마리를 찾기로 했다.

"고스트, 자네가 가줘야겠어."

"그렇게 하도록 하지."

이제 팬텀은 생존 임무 대신 몬스터 군단에 대한 실마리를 찾기 위해 한국으로 향했다.

*   *   *

김정환 암살사건이 터질 때쯤, 인터넷에선 김진태 의원의 살인 교사에 대한 소문이 떠돌기 시작했다.

소문의 시작은 인터넷 커뮤니티 사이트인 만파식적이었다.

만파식적은 보수 성향의 누리꾼들이 형성한 남초 사이트로 여성의 가입이 제한되고 게시판 이용자들의 성향이 무척이나 비판적이라는 것이 특징이었다.

이러한 만파식적에서 생겨난 김진태의 살인 교사 사건은 일대 파장을 일으키기에 충분하였다.

인터넷에서 보수 성향의 사이트를 찾아보기 힘든 만큼 만파식적은 거의 인터넷 보수의 메카로 통하고 있었다.

보수정당의 대표 주자로 거론되는 김진태의 입지는 상당히 굳건하였지만 배신감 역시 그만큼 컸다.

탁탁탁.

늦은 밤, 만파식적의 유명한 글쟁이로 통하는 '홍길동'의 글이 실시간으로 업로드 되고 있다.

그는 정치인들의 비리 스캔들에 대한 글을 중점적으로 다루는 만큼 김진태의 사건에 대한 글을 쓰고 있었다.

홍길동이 오늘 첫 번째로 업로드 한 글은 김진태가 과연 말처럼 청렴한 정치인인가에 대한 고찰이었다.

그의 고찰은 어지간한 저널리스트도 쉽사리 범접할 수 없는 수준이었기 때문에 어느 누구 하나 반박하는 사람이 없었다.

김진태가 지금까지 걸어온 길에 대한 평가와 그 비판을 일목요연하게 늘어놓은 그는 보수 세력의 기둥은 김진태가 아니라고 역설하였다.

또한 현재의 보수 세력은 부패하였고 끝없는 쇄신과 결단력 있는 행동으로 건강한 보수를 만들어 나가야 한다고 말했다.

이 글의 조회 수는 오늘로 십만을 넘겼고 그 댓글은 일천 개가 넘게 달렸다.

불과 한 시간 만에 작성한 글의 조회가 십만이라는 것을 생각하면 오늘 그가 계속하여 집필하게 될 김진태의 비판 글은 그 파급력이 상당할 것으로 보였다.

홍길동이라는 필명을 사용하는 인터넷 저널리스트는 두 번째 글의 마침표를 찍기 직전이었다.

"흠."

그가 고민하고 있는 내용은 김진태와 한미 공조 연구시설이 유착관계에 있다, 혹은 있는 것으로 보인다는 것이었다.

그러니까 그는 글을 맺을 때 김진태를 죄인으로 만들 것인지 말지를 결정하려는 것이다.

아주 짧은 한 줄의 글이지만 마침표를 어떻게 찍느냐에 따라서 김진태는 죄인이 될 수도 있고 의혹을 받는 정치인이 될 수도 있었다.

바로 그때, 홍길동의 핸드폰이 울렸다.

드르르르륵!

홍길동은 전화를 받았다.

"네."

짧고 간결한 목소리는 마치 은쟁반 위에 옥구슬을 올려놓은 듯했다.

홍길동의 정체는 의외로 여자였던 것이다.

그녀는 전화기 너머로 들리는 목소리에 귀를 기울였다.

―글은 잘 봤습니다. 좋던데요?

"좋긴요. 누구 좋으라고 쓰는 글은 아닙니다."

―후후, 그렇군요.

푹신한 의자에 몸을 기대앉은 그녀는 전자담배를 입에 꼬나 물었다.

삐이이이.

전자담배의 액상이 카트리지와 필터를 통과하면서 달콤한 수증기로 변하여 그녀의 목구멍을 타고 넘어갔다.

폐부 깊숙이 들어간 담배 연기를 내뿜으며 그녀가 입을 열었다.

"안 그래도 전화를 드리려던 참입니다."

―저에게 먼저요?

"이놈, 아무래도 저번부터 눈엣가시처럼 자꾸만 거슬리던 놈인데 한 방에 보내 버릴까 말까 고민하고 있었어요."

―으음, 처음 글을 부탁드렸을 때엔 조금 만져주는 정도로 끝낼 생각 아니셨습니까?

"처음엔 그랬죠. 하지만 놈이 벌여놓은 똥 덩어리를 보고 있자니 아주 화가 머리끝까지 튀어 올라서요."

―하하, 그렇습니까?

"어때요? 한 방에 보내 버릴까요?"

전화기 너머의 사내는 망설임 없이 답했다.

―아예 묻어버리십시오.

"하지만 내가 묻는다고 묻어지겠어요?"

―그럴 수도 있겠죠. 하지만 우리가 있잖습니까?

그녀는 슬그머니 미소를 지었다.

"후후, 내가 싼 똥은 당신들이 치우겠다?"

—그러라고 우리 같은 놈들이 있는 겁니다. 나쁜 놈을 보내는 것이 우리의 역할이죠.

"그러는 당신들은 좋은 놈들인가요?"

—아니요. 아니죠. 하지만 한번 생각해 보세요. 좋은 놈들이라고 이마에 써 붙인 놈들이 어디 제대로 일을 처리하나요? 어차피 그놈이 그놈이에요. 그럴 바엔 우리와 같은 나쁜 놈들이 나서는 편이 낫습니다.

"하긴, 당신의 말이 맞네요."

—보내 버리세요. 아주 확실히 보내 버리세요. 나머지는 우리가 알아서 하겠습니다.

"좋아요."

그녀는 당장 전화를 끊고 다시 한 번 액상을 태웠다.

치이이이이익.

홍길동은 김진태가 제주도 사설실험장과 밀접한 관련이 있다고 마무리를 하였다.

그것은 의혹이 아니라 확신이었다.

이제 만파식적에선 이 글을 읽고 알아서 조사들을 벌이게 될 것이다.

"자, 김진태, 이젠 어떻게 나올 것이냐?"

부패 정치인의 말로가 과연 어떻게 될 것인지 궁금해서 견딜 수가 없어진 그녀이다.

*   *   *

홍길동이 올린 글이 만파식적에서 화두가 되고 있을 무렵, 반대 세력이라 할 수 있는 진보 세력의 커뮤니티에선 그 글을 지지하는 글이 속속들이 올라왔다.

진보의 울타리라 불리는 커뮤니티 '적야'는 김진태가 나라를 망치는 주요 원인이라고 비판하면서도 그가 정부 각처와 결탁하고 일을 벌였다고 꼬집었다.

사실 현 정부는 제주도사건으로 인하여 대통령이 탄핵 위기에 놓여 있었기 때문에 갖은 방법을 다 사용하여 언론의 거센 불을 잡고 있는 중이었다.

그들이 인터넷 포털 사이트 '네이센'에 올라오는 글들을 블록시키거나 일일이 찾아다니면서 자제를 권고하고 있었으나 그것은 어디까지나 임시방편에 불과하였다.

벌써 50만이 넘는 네티즌이 자신의 블로그에 글을 올리고 게시판을 도배하고 있어서 네이센 본사도 적지 않게 당황하는 중이었다.

그런 와중에 엄청난 일이 벌어지고 말았다.

인터넷 포털 사이트의 실시간 검색 순위가 전부 김진태와 제주도사건에 대한 것으로 채워졌다.

네이센 본사는 실시간 검색 순위를 바꾸기 위하여 연예인들의 스캔들이나 다른 정치인의 스캔들을 터뜨렸으나 무용지물이었다.

처음엔 10만으로 출발하였던 네티즌 세력이 순식간에 50만, 100만으로 불어나더니 이내 200만이 넘는 트래픽을 만들어내고 있었던 것이다.

이렇게 되니 네이센 본사가 사이트를 폐쇄하지 않는 이상 검색어 순위를 바꿀 방법이 없어졌다.

네이센 본사는 실시간 검색어 순위를 결정하는 데이터베이스 수집기를 손보고 순위를 바꾸었으나 소용이 없었다.

데이터베이스 관리부장 이영화는 상부에서의 압박과 쏟아지는 부하들의 보고에 머리가 깨질 지경이었다.

─이봐요, 이 부장. 당신들이 지금 여기까지 올 수 있던 것이 다 누구 덕이라고 생각하는 겁니까? 우리가 공영방송에서 띄워주고 대기업 투자까지 몰아주어서 여기까지 온 것 아닙니까? 그런데 일을 이따위로 해요?

"…지금 수습하는 중입니다. 조금만 더 기다려 주십시오."

─기다릴 수 있는 일이 있고 없는 일이 있어요. 저놈들이 보수정당과 청와대까지 공격하고 있는데 마냥 기다릴 수만은

없잖습니까? 이러다가 국론이 분열되어 탄핵까지 단행되겠어요.

이영화는 고육지책을 꺼내 들기로 하였다.

"우리가 지금 일시적인 게시판 폐쇄를 공지하겠습니다. 그리고 수집기를 손봐서 사태를 진정시키겠습니다. 그러면 충분히 진화가 되겠지요?"

─그래요, 아예 금지어를 만들든지 어떻게 하든지 알아서 하세요. 믿고 기다리겠습니다.

"알겠습니다."

전화를 끊은 김진태가 앞을 올려다보니 20명의 과장이 줄을 지어 서 있다.

그들은 하나같이 인터넷 게시판 과부하에 대한 보고서를 손에 쥔 채 이영화를 기다리고 있었다.

"부장님, 지금 메인 게시판은 물론이고 유머 게시판, 정치 게시판, 이슈 게시판까지 아주 난리도 아닙니다."

"…100만이 넘는 세력이 도대체 어느 천년에 응집된 거지?"

"기술부의 말에 따르면 좀비 PC의 공격도 배제할 수는 없다고 합니다."

"뭐? 그럼 이게 모두 해커들의 짓이란 말이야?"

"하지만 어디까지나 이건 가설에 불과합니다. 우리 회사에서도 만파식적과 적야를 계속 주시하고 있는데 그들의 행동도 심상치 않습니다."

"제기랄!"

"지금 이 상황이 계속된다면 보수와 진보가 합쳐져 여당을 공격할 수도 있습니다."

그는 더 이상 기다릴 시간이 없겠다고 판단하였다.

"지금 당장 게시판을 임시 폐쇄하고 수집기를 수정한다."

"하지만 그렇게 되면 우리의 트래픽이 전부 상대방 회사로 넘어가게 됩니다."

"…자네 지금 그게 문제라고 생각하나? 이대로 가다간 우리 회사가 여권의 손아귀에 의해 목이 잘리게 생겼다고. 회사 문 닫으면 자네들은 어떻게 할 건데? 차라리 회원들을 잃는 편이 낫다."

과장들은 어쩔 수 없이 그의 지시에 따르기로 했다.

"잘 알겠습니다. 그럼 지금 당장 공지를 내리고 서버를 다운시키겠습니다."

"그래, 그렇게 하라고."

인터넷 포털은 한번 여론이 조성되면 그것이 쉽게 가라앉지 않는 특성이 있다.

자신의 생각을 담을 수 있는 글을 직접 작성할 수 있고 수많은 SNS와 연동되어 있어 실시간으로 글이 올라오기 때문이다.

이영화는 자신이 지금 처한 상황에 대한 판단을 정확하게 내렸다고 생각했다.

"이게 최선이다. 더 이상의 처방은 있을 수 없어."

대한민국 최대의 포털 사이트 네이센이 문을 꼭꼭 걸어 잠갔으니 더 이상 이곳을 통하여 비판의 여론이 퍼져 나가지는 않을 것이다.

아니, 실제로 일이 어떻게 풀릴지는 알 수 없지만 적어도 그의 생각엔 반드시 그리될 것이다.

*   *   *

포털 사이트 네이센이 게시판 폐쇄를 결정했을 무렵, 대한민국 인터넷 포털 사이트 두 개 회사는 김진태에 대한 글을 통제하지 않고 방치하는 정책을 선택하였다.

이들의 선택은 인터넷 검색 점유율 70%를 차지하고 있던 퍼센테이지를 역으로 분산시켜 네이센의 점유를 15%까지 끌어내리는 작용을 하였다.

현재 인터넷 3대 포털 사이트인 쉼표와 손잡이는 폭발하는 김진태에 대한 정보를 그대로 내버려 두고 심지어 언론사들의 대서특필까지 허용하였다.

앞으로 몇 시간만 더 네이센이 미적지근한 태도를 보인다면 점유율의 반전이 자연스럽게 이뤄질 것이다.

그런 가운데 언론사들의 여론 몰이가 시작되었다.

인터넷 신문사 전부가 김진태를 제주도 사태의 주범으로 지목하고 그에 대한 조사를 벌였다.

그중에서도 인터넷 메인을 항상 장식하는 제1 언론사인 대한일보는 김진태가 살인 교사 혐의로 고소를 당할 것이라고 예언하였다.

대한일보는 김진태에게 살해 위협을 받았다가 간신히 살아난 사람의 이름을 직접 거론하고 나섰다.

김두이, 이 세 글자가 인터넷에 등재되면서 네티즌들은 흥분하기 시작했다.

이로써 제주도 사건에 대한 의혹들이 풀릴 것이라고 기대했기 때문이다.

찰칵, 찰칵!

늦은 밤, 카미엘은 고소장을 들고 경찰서를 찾았다.

그가 고소하려는 내용은 자신이 살해 위협을 받았고 그로 인해 죽을 뻔했다는 것이다.

카미엘이 경찰서를 찾는 타이밍에 맞춰 대한일보의 기자들이 플래시 세례를 쏟아내고 있다.

"김두이 씨! 김진태 의원에게 살해 위협을 받은 것이 확실합니까?!"

"예, 그렇습니다."

"그렇다면 그에 대한 증거는요?"

"저를 살해하기 위하여 킬러들을 고용한 사람과 살해에 가담한 사람들을 증인으로 내세울 겁니다."

"……!"

다른 것도 아니고 살인 교사에 대한 증언을 한다는 것은 실로 엄청난 일이다.

이 세상의 그 어떤 살인자가 살해에 실패했다고 해서 그 죄를 고백하겠는가?

하지만 카미엘의 표정에는 자신감이 넘쳤다.

"김두이 씨! 그렇다면 그들이 법정에 나온다는 확신이 있는 것인지요?!"

"물론입니다. 이미 얘기를 다 끝냈습니다. 그들은 범죄자이지만 속죄의 대가를 치르고 제대로 된 삶을 살아갈 수 있도록 회개할 준비가 되어 있습니다."

"그렇다면 그에 대한 물증도 가지고 있으시겠군요?"

"당연합니다. 물증도 없이 현직 국회의원을 고소한다는 것은 말도 안 되는 일이지요. 저는 일개 용병에 불과한데요."

"그렇다면 그 내용에 대하여 아주 조금만 얘기해 줄 수 있으시겠습니까?"

"아니요, 거기까진 힘듭니다. 나머지는 경찰에게 얘기하겠습니다."

"자, 잠시만요!"

기자들이 그들을 따라서 우르르 몰려갈 때쯤, 경찰서 정문으로 엄청난 인파가 몰려들었다.

찰칵, 찰칵!

놀랍게도 그들은 무려 400명에 달하는 기자들이었다.

400개가 넘는 카메라가 플래시를 쏟아내 주변이 마치 날벼락이 치는 듯 밝아졌다.

좌라라라라락!

연달아 셔터를 누르는 기자들을 향해 카미엘이 외쳤다.

"정의는 살아 있습니다!"

"어, 어어……!"

기자들은 자신들의 신문 1면을 장식할 인물이 경찰서 안으로 들어가 버리자 허겁지겁 인해전술을 사용하였다.

하지만 경찰들이 그들을 막아서고 있기 때문에 서 안으로 들어가는 것은 불가능했다.

"뒤로 물러나 주세요! 더 이상 들어오시면 안 됩니다!"

"김두이 씨! 마지막으로 한 말씀만 더……!"

"물러나세요! 모두 다 돌아가십시오! 추후 정식으로 기자회견을 열겠습니다!"

기자들은 어쩔 수 없이 카메라를 내려놓고 하나둘 돌아가기 시작하였다.

하지만 그것은 철수의 발걸음이 아니라 조사가 끝나고 카미엘이 돌아오면 당장 취재를 하겠다는 대기의 움직임이었다.

늦은 밤임에도 불구하고 기자들은 삼삼오오 모여 자리를 잡았다.

*   *   *

서울 강남경찰서를 찾은 카미엘은 피해자 신분으로 조사를 받았다.

그가 살해 위협을 받고 실제로 가족들이 총격을 당할 뻔한 것이 아주 세세하게 기술되었다.

조사를 담당한 강남경찰서 강력계 제1팀장 최만식 경감은 두 시간째 진술을 받아 거의 마무리 단계에 도달해 있었다.

"…자, 그럼 다시 한번 정리하겠습니다. 당신이 제주도사건을 해결하는 데 결정적인 역할을 하였고, 그 과정에서 중요한 단서를 얻었다. 그리고 그 이후에 피격을 당해 죽을 고비를 넘기고 범인들을 색출하였는데, 그 사람들이 바로 용병단 플로이다였다는 것이죠?"

"예, 그렇습니다."

"그런 그들과 함께 대화를 시도하여 장철수라는 브로커가 자신들을 고용했다는 것을 알게 되었다. 그리고 장철수와 접선하여 회유해 보니 김진태라는 이름이 나왔다는 것이군요. 맞죠?"

"예, 그렇습니다."

"후우, 하필이면 김진태 의원이라니, 정말 사실이라고 믿습니까?"

"제가 믿고 말고는 중요한 것이 아닙니다. 김진태에게 돈을 받은 정황이 있다는 것이 문제지요."

"흠."

"아무튼 간에 저는 빠짐없이 모두 진술했습니다."

최만식은 자신이 작성한 조서의 요약지를 뽑아서 카미엘에게 건넸다.

지이잉.

출력된 결과물을 받은 카미엘에게 최만식이 말했다.

"한번 살펴보시고 만약 사실과 다른 부분이 있다면 말씀해 주십시오."

"알겠습니다."

그는 담배에 불을 붙여 카미엘에게 한 개비 권했다.

"한 대 피우시겠습니까?"

"그래도 됩니까? 원래 건물은 금연 아닌가요?"

"맞아요. 하지만 보는 눈도 없는데 뭐 어떻습니까?"

최만식은 지금 이 사태를 도저히 맨 정신으로 받아들일 자신이 없어서 자꾸 담배를 찾는 것 같았다.

무려 두 시간 동안 초조한 상태로 얘기를 들었더니 극심한 피로를 느낀 최만식이다.

뚜두두둑!

딱딱하게 굳은 어깨와 목, 허리 관절을 꺾어보니 몸이 비명을 질러댔다.

"후우, 죽을 뻔했네."

"팀장님은 제 얘기를 믿습니까?"

"경찰은 한쪽의 얘기만 믿을 수 없습니다. 사건을 처리하는 데 있어서 공정함은 필수이거든요."

카미엘이 고개를 저었다.

"아니요, 저는 경찰로서의 의견을 물은 것이 아니라 객관적으로 듣는 사람의 입장을 물은 겁니다."

"흠, 글쎄요. 워낙 판이 큰 얘기라서 사실 유무를 가늠하기가 너무나도 힘듭니다."

"만약 이게 전부 사실이라면 어떻게 되는 겁니까?"

"선생님께선 언론의 주목을 받게 되겠지요. 그리고 김진태 의원은 꼼짝없이 실형을 선고받게 될 겁니다. 다른 것은 모르겠지만 살인 교사가 입증되면 그 죄가 생각보다 크거든요."

"그렇군요."

"아무튼 간에 큰 용기를 내신 것은 잘한 일입니다. 이게 진짜 사실이든 아니든 말입니다."

"감사합니다."

현직 국회의원이 관련된 일이라면 그 파장이 대단하기 때문에 경찰은 그 어느 때보다 신중한 입장이었다.

최만식은 카미엘에게 잠시 이곳에 머물다가 일단 돌아갈 것을 권유하였다.

"조사는 다 끝났습니다. 고소장은 접수할 테니 일단 돌아가십시오. 그리고 며칠 내로 검찰에 출석하라는 통지서가 갈 수 있으니 그들의 명령에 따르시고요."

"잘 알겠습니다."

담배를 다 피운 카미엘이 일어서려는데 최만식이 말했다.

"그런데 말입니다. 제주도에서 있었던 일이 모두 다 사실입니까?"

"무엇이 알고 싶으신 겁니까?"

"정말 사람이 그렇게 많이 희생된 것인가요?"

"네. 꽤 많이요."

"흠."

"이 사건에 대한 보고서를 이미 작성하여 유엔 조사단에 보

냈습니다. 조만간 자료 공유가 있을 테니 그때 자세한 내용을
확인해 보십시오."

"예, 알겠습니다."

카미엘은 곧장 일어나 집으로 향했다.

제3장

덫

고소장이 정식으로 접수되면서 경찰 조사는 급물살을 타게 되었다.

　카미엘의 증언과 참고인 조사로 나온 장철수, 플로이다 일원의 증언이 일치함에 따라서 그들의 사법 처리 여부는 거의 확정되었다고 볼 수 있었다.

　하지만 이제 남은 것은 김정태가 돈을 건넨 정황을 입증하는 것이다.

　김정태는 차명 계좌를 터서 돈을 전달하였고, 그것을 전달하는 사람으로 장철수를 고용한 것이다.

그의 증언대로 50억을 받아서 플로이다에게 입금하고 자신이 수수료로 1억 5천을 받은 것이 확인되긴 했으나 그것이 김정태에게서 나왔다는 증거가 없었다.

비자금을 수도 없이 축적한 그이기 때문에 현금의 유동이 대가성으로 증여되었다는 정황을 포착할 수가 없었던 것이다.

하지만 모든 인간에겐 빈틈이라는 것이 존재하게 마련이다.

솔로몬은 김정태의 비서관인 한귀석이 돈을 건네주었다는 장철수의 말을 듣고 그의 뒤를 캐기 시작하였다.

가장 먼저 그가 찾아간 곳은 한귀석이 사용한 계좌의 실제 주인이었다.

서울역 대합실을 찾아온 솔로몬은 노숙자들에게 물어물어 계좌의 실주인인 추명기를 찾아갔다.

추명기는 서울역 대합실에서 어느 날 갑자기 자취를 감추었다가 다시 노숙자 쉼터로 돌아왔다고 했다.

솔로몬은 서울역 인근 노숙자 쉼터로 찾아갔다.

웅성웅성.

정해진 시간에 일어나 정해진 일과를 소화하는 쉼터이기 때문에 아침부터 꽤 부산스러운 모습이다.

그는 쉼터의 간사인 이혜정에게 추명기의 신상에 대해 물었다.

"유엔조사팀에서 나왔습니다. 이곳에 추명기 씨가 있지요?"

"유엔이요?"

"예, 그렇습니다. 현재 비공식 수사 때문에 추명기 씨를 찾으려 하는데 협조 좀 부탁드립니다."

그녀는 단칼에 솔로몬의 부탁을 거절하였다.

"그건 좀 곤란하겠는데요?"

"곤란하다니요?"

"아무리 노숙자라고 해도 개인의 정보를 보호받을 권리가 있어요. 직계가족이 아닌 이상 신상을 공개할 수가 없습니다."

솔로몬은 가만히 생각을 해보았다.

차명 계좌를 설립했다가 잘못하여 추적이라도 당하면 난리가 날 텐데 아무렇게나 노숙자를 방치할 리가 없었다.

'그래, 애초에 조사를 간단하게 생각한 내 잘못이지.'

그는 주변을 둘러보았다.

노숙자들은 센터를 찾아온 이방인들을 경계 섞인 눈으로 쳐다보고 있었다.

아마 김정태가 이곳에 노숙자를 맡기면서 뭔가 단단한 장치를 해두었을 가능성이 높아보였다.

일단 그는 노숙자 쉼터와 김정태가 무슨 관련이 있으리라 생각하고 철수하기로 했다.

"미안합니다. 제 생각이 좀 짧았습니다."

"그래요. 정 그를 찾기 원하신다면 시청을 먼저 찾아가 보세요. 그곳에서라면 아마 추명기 씨를 찾을 수 있을 겁니다."

"알겠습니다. 그리하지요."

솔로몬은 일보 후퇴하여 다시 처음부터 조사하기로 마음먹었다.

*　　　*　　　*

서울역 시청에서 근무하는 지인을 찾아간 솔로몬은 그들에 대한 얘기를 들을 수 있었다.

시청 앞 분수광장에 앉은 두 사람은 노점의 커피를 마시며 얘기를 나누었다.

"해오름 쉼터는 아주 오래전부터 극심한 자금난에 시달리고 있었습니다. 요컨대, 수입은 없고 지출만 있는 은행처럼 금고가 서서히 비어가고 있던 것이죠."

"쉼터는 국가에서 운영하는 것 아닙니까?"

"그런 곳도 있지만 노숙자 쉼터가 일반 복지시설로 변경되면서 사설재단에서 운영하기도 하고 복지사 자격증을 가진 민간이 운영하기도 합니다."

"그렇다면 해오름 쉼터는 민간에서 운영하는 곳이 되겠군요."

솔로몬은 지인에게서 받은 해오름 쉼터의 등기부등본과 복지사업자 등록증을 보여주었다.

등기부등본상에 나온 실소유자는 진혜림이라는 여자이고 복지사업자 등록증에 나온 사업자의 이름은 서경태였다.

"소유자와 사업자등록증에 나온 이름이 다르군요."

"맞아요. 두 사람이 어떤 관계인지는 잘 모르겠습니다만 진혜림이 땅과 건물을 구매하고 서경태라는 남자가 운영하는 것으로 나와 있습니다."

그는 고개를 갸웃거렸다.

"이상하군요. 그때 가본 복지시설에는 남자 복지사가 보이지 않는 것 같던데?"

"복지사가 건물에 상주하는 것이 원칙이긴 하지만 그것을 지키는 시설은 거의 없어요. 아마 이름만 올려놓고 다른 일을 하고 있을 수도 있고 애초에 명의를 빌린 것일 수도 있고요."

"으음, 그렇군요."

"대신 복지사는 아니지만 요양간호조무사 경력이 있는 이혜정이라는 여자가 건물에 상주하고 있을 겁니다. 저번 실태 조사에서도 남자는 어디로 출장을 가고 없고 이혜정이라는 여자만 보였어요."

"그래, 맞아요. 그 여자만 있는 것 같더군요."

그는 복지시설의 현황에 대해 설명하였다.

"해오름 쉼터에는 빚이 꽤 많아요. 시설 확충과 설비에 대한 비용으로 돈을 사용했다곤 하지만 정확한 사유는 알 수 없습니다. 아무튼 간에 빚은 점점 늘어가고 지원은 끊긴 상태입니다. 원래 복지시설은 수입을 올릴 수 있는 수단이 별로 없기 때문에 후원은 거의 필수적이라 할 수 있습니다. 그나마 처음 해오름 쉼터가 생겨났을 때엔 국가에서 인원수대로 지원금을 지급해 주었지만 지금은 달라요. 쉼터의 규모와 그 인원의 수용 상태에 따라서 돈이 차등 지급되는 형식이지요."

"그럼 시설이 크면 클수록 돈을 더 많이 받는다는 소리 아닙니까?"

"그렇게 생각하실 수도 있지만 대규모 인원을 수용하면서도 제대로 된 보살핌을 줄 수 있는 여건이 되는지 보는 겁니다."

"흠, 그래도 이건 뭔가 앞뒤가 맞지 않는 정책인데."

"아무튼 간에 복지법이 많이 바뀌면서 해오름 쉼터는 난항에 빠졌습니다. 일단 쉼터는 노숙자들을 받아서 보살펴야 하는 의무가 있기 때문에 수용은 계속하지만 운영에선 자꾸 적자가 나는 상황이 된 겁니다."

"많이 힘들겠군요."

"당연하지요. 제대로 된 돈줄 하나만 잡아도 팔자가 필 수 있는데 그게 힘드니 사정은 점점 더 어려워질 수밖에요."

대한민국 현 정부의 복지 정책은 몬스터 창궐 이후로 터무니

없이 바뀌어서 정책을 수정하는 것도 쉽지 않은 상태였다.

상황에 따라 그때그때 주먹구구식으로 돌려막기를 하다 보니 이제는 섣불리 칼을 대기도 힘들어진 것이다.

"해오름 쉼터는 이대로라면 분명 문을 닫게 될 것입니다. 적자 행진에 버틸 수 있는 사람이 얼마나 되겠어요?"

"흠."

"하지만 이상하게 그들은 적자 행진을 하는 동안에도 쉼터를 계속 운영하고 있습니다. 저희들의 계산에 따르면 벌써 파산을 해서 빚잔치를 했어도 이상할 것이 없습니다. 그럼에도 불구하고 해오름 쉼터는 아직도 근근이 버티고 있지요. 아직까지 저 자리에 건물이 남아 있는 것도 신기할 정도입니다."

서울역 인근에 있는 땅은 그 가격이 결코 만만치 않기 때문에 쉼터를 운영할 정도의 크기를 마련하자면 꽤 많은 돈이 들었을 것이다.

지금 현재 건물에 잡혀 있는 저당만 해도 거의 2/3에 달하는데 그 이자를 감당하는 것도 쉬운 일은 아니었다.

심지어 악재 속에 악재가 겹쳐 정부의 지원 정책 오류까지 더해졌으니 몇 달 버티는 것도 어려울 것이다.

"그렇게 외줄 타기로 버틴 것이 벌써 5년, 그 5년 동안 쉼터는 굳건히 버티고 또 버텨왔습니다."

"으음."

"아무튼 간에 해오름 쉼터에 대한 미스터리는 우리조차 풀지 못하고 있습니다. 제가 줄 수 있는 정보는 이것뿐이네요."

솔로몬은 그에게서 서류 뭉치를 받아 잘 갈무리하였다.

"감사합니다. 이렇게 도움을 주시다니요."

"아니요, 괜찮습니다. 우리가 유엔에게 협조하지 않으면 또 누가 하겠습니까?"

"하하, 고맙습니다."

"그리고 해오름 쉼터에 대한 의문은 우리도 하루빨리 풀고 싶습니다. 과연 어떻게 된 것인지 내막이 궁금하거든요."

"제가 조사를 해보고 특별한 것이 있다면 곧바로 말씀드리겠습니다."

"그래요. 연락 한번 주세요."

솔로몬은 해오름 쉼터의 정보가 담긴 서류 뭉치를 들고 서대문 뒷골목으로 향했다.

＊　　　　＊　　　　＊

서대문 뒷골목에는 사람의 신상 정보를 털어내는 사설 탐정 업체와 흥신소들이 즐비해 있다.

한때는 몬스터들의 파상 공세에 밀려 거의 폐허가 되었던 서대문이지만 부서진 건물 더미 위에 하나둘 노점상이 난립하여 다시 상권을 이룩하였다.

지금은 재사용 콘크리트로 건물을 올려 허름하지만 없는 물건이 없는 만물시장이 다 되었다.

그 골목과 골목 사이는 어두침침하고 악취가 진동하지만 이 세상의 어두운 일면을 잘 투영하는 밤의 세계가 펼쳐져 있었다.

솔로몬이 서대문 뒷골목을 지나가자 화장을 떡칠한 늙은 여인이 다가왔다.

"어이, 아저씨. 싸게 해줄 테니까 쉬다 갈래요?"

"……."

"잘해줄게. 내가 오늘 아주 홍콩을 보내준다니까?"

아무리 적게 잡아도 쉰은 되어 보이는 여자가 오입질을 하라고 꼬시면 좋아할 총각은 거의 없을 것이다.

더군다나 매춘을 별로 달가워하지 않는 솔로몬에게 있어서 그녀는 투명 인간일 뿐이었다.

매춘부는 솔로몬의 손을 잡고 자신의 가슴에 가져다 댔다.

물컹.

힘없이 축 늘어진 그녀의 가슴을 만지는 솔로몬의 얼굴에 아무런 감정이 없다.

차라리 다 쉬어빠진 개살구 같은 가슴을 어디다 들이미느냐고 욕을 했다면 그나마 나았을 텐데 솔로몬은 묵묵부답으로 일관하였다.

그녀는 솔로몬이 아무런 대답이 없자 욕지거리를 씹어뱉었다.

"에잇, 퉤! 이런 고자 새끼! 가슴을 줘도 싫어?! 에라, 거기가 썩어서 문드러져 버려라!"

"…성질 한번 고약하군."

매춘 때문에 한차례 욕을 얻어먹은 솔로몬은 곧바로 꺾어지는 골목길에 있는 판자촌으로 향했다.

이곳 판자촌은 원래 난민들이 기거하던 곳인데 지금은 15분에 3만 원씩 받고 몸을 파는 여자들이 기거하고 있었다.

아까 그 매춘부도 아마 이 근방에 기거하면서 돈을 벌고 있을 터였다.

솔로몬은 표지판도 없는 불법 성매매 업소들의 밀집 지역, 이른바 '여관발이'의 군도 한가운데 있는 판잣집 앞에 섰다.

간판도, 이정표도, 그렇다고 주소도 적혀 있지 않은 이곳은 어지간하면 찾아오기 힘들 것이다.

그만큼 솔로몬은 이곳에 꽤 자주 왔다는 소리이다.

똑똑.

그가 문을 두드리니 얇은 슬립 한 장 걸친 40대 여자가 걸어나왔다.

"오늘은 장사 안 해요."

"매일 장사를 안 하는 것은 아니고?"

"…뭐야? 누군가 했더니 당신이었군요."

"차라리 서울역 대합실에서 지내는 편이 낫지 않겠어? 이곳은 좀……."

"왜요? 직업에 귀천이 어디 있다고?"

"뭐, 그건 그렇지만."

"들어와요."

대략 5평 남짓한 판잣집에는 사람 한 명이 간신히 쪼그려 앉아 씻을 만한 수돗가와 좁아터진 간이 부엌이 딸려 있었다.

그 밖에 화장실은 따로 없고 싱글 사이즈 침대 하나와 소형 냉장고 하나가 덩그러니 놓인 쪽방이 하나 자리하고 있었다.

단출하기로 따지자면 허전하다는 생각이 들 정도로 좁고 허름한 이 공간 속에서도 그녀는 큰 불만이 없는 것 같았다.

그녀는 길이가 길고 냄새가 지독한 담배를 꺼내 피워 물었다.

"후우, 한 대 줄까?"

"좋지."

담배에는 약한 마약 성분과 대마초, 그리고 향을 내주는 하바나산 시거가 약간 섞여 있었다.

솔로몬은 담배를 피우자마자 머리가 핑 도는 것을 느꼈다.

끼잉!

"으음, 역시 독하군. 도대체 이런 물건은 어디서 구하는 거야? 이제는 약쟁이들도 취급을 안 하잖아."

"다 구하는 방법이 있지. 이 세상엔 돈만 있으면 안 되는 것이 없어."

이런 허름한 곳에서 몸을 파는 늙은 창부 같은 모습을 하고 있지만 그녀는 사실 솔로몬에게 있어 가장 기억에 남는 유엔 조사관이었다.

한때는 실버 나이프 최고의 에이스로 불리던 그녀는 유럽연합으로 자리를 옮겨 생활하다가 정치 공작에 잘못 휘말려 생명의 위협을 받는 지경에 놓이게 되었다.

솔로몬은 그녀를 다시 실버 나이프로 데리고 오려 하였으나 그녀 스스로가 거부하여 실패하였다.

그녀는 지겨운 공작에서 벗어나 차라리 이곳 뒷골목에서 창부로 위장하여 살아가는 것이 편하다고 입버릇처럼 말하곤 했다.

물론 지금까지 모아놓은 돈이 실로 엄청나기 때문에 몸을 팔지는 않지만 이곳에 있는 창부들과 같은 취급을 받는 것은 여자로서 자존심이 상하는 일이었다.

그러나 그녀는 뒷골목 창부로 위장한 자신을 아무렇지도 않게 여겼다. 오히려 이곳에서 죽을 때까지 살다가 뼈를 묻을 것이라고 생각했다.

"이곳은 참 정직한 곳이야. 성에 굶주린 남자들, 그리고 그것을 해결해 주고 돈을 받는 여자들. 남자는 성욕을 풀어야 하니까 찾아오고 여자들은 살아야 하니까 그것을 받아준다. 참으로 원초적이지만 정직하잖아? 이들은 최소한 남을 속이려고 호시탐탐 기회를 노리지는 않아. 뒤통수를 칠 사람들은 아니라는 소리지."

"그렇지만 고생이 싫어서 이곳까지 온 사람들 아닌가? 패배자라고 할 수 있지."

그녀는 솔로몬의 따귀를 세게 후려쳤다.

짜악, 짜악!

"…뭐야?"

"아무것도 모르면서 함부로 말하지 마. 이곳까지 온 사람들도 좋아서 온 것은 아니야. 각자 나름대로 사정이 있기 때문에 온 것이지."

솔로몬은 자신이 경솔했음을 인정하지 않을 수 없었다.

"미안. 내 생각이 짧았다."

"다시는 그런 말도 안 되는 소리는 입에 담지도 말고 아예 생각조차 하지 마. 당신의 순수하던 예전의 그 영혼이 다 병들어 없어진단 말이야."

"명심할게."

그녀는 따귀를 친 그의 볼에 손을 가져다 댔다.

"괜히 말을 잘못 꺼냈다가 이게 뭐야?"

"괜찮아. 맞을 짓을 했으면 맞아야지."

"후후, 역시 쿨해서 좋아."

솔로몬은 그녀에게 몇 가지 정보를 제공해 줄 것을 부탁했다.

"그럼 매 맞은 값으로 정보를 좀 줄 수 있겠나?"

"당신의 뺨을 때린 값이라면 꽤 비싸겠는데?"

그는 주머니에서 해오름 쉼터의 등기부등본을 꺼내 보여주었다.

"이곳에 대해서 좀 알 수 있겠어?"

"표면적인 것 말고?"

"응."

그녀는 흔쾌히 서류를 받았다.

"뭐, 좋아. 못 할 것도 없지."

방 안 구석에 아무렇게나 널브러져 있는 노트북을 펼친 그녀는 무선 인터넷을 연결하여 자신의 개인 네트워크에 접속하였다.

그녀는 생존을 위해 각가지 정보를 수집하는데 그중 대부분은 그녀와 관련이 없는 것이었다.

워낙 정보력이 좋던 그녀이기에 하루에 수집되는 정보량이 거의 정보 단체에 버금갈 정도였다.

사설 클라우드 네트워크 '민트'에 접속하여 정보를 검색한 그녀는 해오름 쉼터에 대한 정보를 몇 개 꺼내 펼쳤다.

그녀의 네트워크에 접속하면 어지러운 상형문자가 마구 난립해 있는데 이것은 오로지 그녀 한 사람만이 읽을 수 있는 문자였다.

생존을 위해 그녀는 자신만의 언어를 독자적으로 개발한 것이다.

해오름 쉼터에 대한 정보를 열람한 그녀가 뭔가 심상치 않은 표정으로 말했다.

"이거 쉼터가 아닌데?"

"그게 무슨 소리야? 쉼터가 아니라니?"

"이건 그냥 개인 명의를 취하고 사람을 팔아먹는 공장이잖아?"

"사람을 팔아먹어? 인신매매를 말하는 건가?"

"그래, 인신매매. 흔히 통나무 장사라고도 하지. 요즘은 사람의 장기가 중국에서 거래되곤 하잖아."

"그럼 해오름 쉼터는 차명 계좌나 여권 등을 취하고 장기까지 빼서 중국으로 팔아먹은 새끼들인 거네."

"맞아."

"…개자식들인데?"

"노숙자들인 데다가 집을 나온 지 꽤 되었으니 사라져도 모를 것이고, 실종 신고도 하지 않을 거잖아. 방법이 아주 악랄하네."

"흠."

그녀는 또 한 가지 그들에 대한 비밀을 털어냈다.

"그리고… 또 한 가지 특이한 이력이 있어. 이놈들, 차명으로 돈세탁도 해주고 비자금도 조성해 주는군."

"아주 나쁜 짓만 골라 하는구먼."

"그러게 말이야. 이들의 건물주와 복지사로 등록된 사람도 다 가짜야. 사실은 지금 중국으로 팔려가 어느 부잣집 도련님의 부품이 되었을 공산이 커."

"제기랄."

"이런 상 개새끼들을 어떻게 알았대?"

"그냥 재수가 없으니 마주친 것이지."

솔로몬은 그녀에게 김정태와 그들의 관계에 대해 물었다.

"혹시 김정태와 관련이 있다고는 안 나와?"

"글쎄, 관련이 있을 수도 있겠지. 워낙 비자금 조성을 많이 하는 새끼들이니까 김정태처럼 뒤가 구린 놈들은 엉덩이를 붙여도 이상하지 않잖아?"

"그럼 이놈들에게서 김정태의 이름을 받아내는 수밖에 없겠군."

그녀는 솔로몬에게 아주 간단한 방법을 제시해 주었다.

"조져 버려. 아주 악 소리가 저절로 나게 조지면 알아서 불겠지, 뭐."

"역시 법보다 주먹이 가까운 것인가?"

"원래 아주 옛날부터 그래왔지. 호랑이 담배 피우던 시절부터 말이야."

솔로몬은 그녀에게 현금 다발 한 뭉치를 건넸다.

"여기 정보료."

"됐어. 따귀 맞은 값으로 생각할게."

"따귀 한 대 맞은 것치곤 꽤 괜찮은데? 다음부턴 대놓고 욕을 해야겠어. 그럼 오히려 돈을 받을 수도 있잖아."

"후후, 자신 있다면 어디 한번 해보시든지."

그는 다소 아쉬운 표정을 지었다.

"다시 돌아올 생각은 없나?"

"…없어. 다시는 돌아가지 않아."

"진심인가?"

"아주 진심이지."

솔로몬은 두 번 묻지 않았다.

"알겠다. 나중에 또 들르게 된다면 그때 보자고."

"그래."

그는 미련 없이 문을 닫고 나가 버렸다.

                    *   *   *

인천 소래포구로 한 척의 배가 들어오고 있다.

솨아아아!

뱃고동 한번 울리지 않고 중국에서 한국까지 달려온 배는 아주 조심스럽게 부둣가에 안착하였다.

현재 인천 소래포구는 몬스터의 습격에 의해 파괴되어 통제 상태에 있었지만 이따금 밀항이나 밀수의 루트가 되기도 했다.

제비호

겉으로 보기엔 흔한 고기잡이배처럼 생겼으나 선체가 나무로 이뤄진 목선이었다.

요즘같이 몬스터 코어의 혜택을 받는 세상에 고기잡이배를 나무로 만든다는 것은 쉽사리 이해가 가지 않는 부분이다.

그러나 이 나무의 숨겨진 기능을 생각하면 쉽게 고개가 끄덕여진다.

이 나무는 몬스터가 자생하는 곳에서만 자라는 태랑귀라는 종인데 레이더를 교란시키는 특수한 기능이 있어서 밀항선을 만들기엔 아주 제격이었다.

잠시 후, 제비호로 들것을 나누어 진 두 남자가 다가왔다.

건장한 남자 두 명은 들것에 실린 아이스박스 열 개를 차례대로 내려놓았다.

"물건은 확실히 챙겼지?"

"물론이지."

그들이 물건을 내려놓을 즘에 배에서 한 남자가 걸어 나왔다.

파이프 담배를 뻐끔뻐끔 피우며 나온 그는 아이스박스를 열어서 그 내용물을 확인했다.

끼익.

아이스박스를 열어보니 진공 팩에 든 사람의 장기들이 얼음과 함께 들어 있다.

"으음, 혈액형은 맞는 거지?"

"원하는 물건이 확실해. 우리가 공장에서 거부반응 조사까지 해봤다니까."

"좋아, 수혜자들이 아주 좋아하겠군."

그는 돈다발을 꺼내 두 사람에게 건넸다.

"수고 많았다. 이제 그만 돌아가 봐."

"그래."

두 사람은 돈을 세어보지도 않고 돌아섰다.

아무래도 상대가 사람을 잡아서 팔아먹는 놈이라 한시도 같이 있고 싶은 마음이 없던 것이다.

그들은 등골이 오싹해져 몸을 떨어졌다.

"후우, 돈도 좋지만 저놈과는 어째 거래를 하기가 싫어져. 워낙 잔인해서 말이지."

"손속이 거칠어. 마취도 안 하고 살아 있는 사람의 배를 가르고 눈알을 빼 가다니, 정말 제대로 미친놈이야."

사람의 장기를 적출하는 작업에도 마취제가 사용되는 것은 어쩌면 당연한 일이다.

자칫 잘못해서 혈관을 다치거나 장기에 상처가 나면 큰일인데 마취를 안 하고 개복했다간 고통으로 인해 수많은 변수가 생길 수도 있기 때문이다.

하지만 그는 오랜 노하우로 움직이는 배 안에서도 사람의 장기를 적출하는 사람이기 때문에 마취제 따위는 사용하지 않았다.

그야말로 인간백정이라는 말이 딱 어울리는 작자였다.

두 사람이 돌아서는데 바람과 함께 약한 화약 냄새가 흘러나왔다.

휘이이잉!

"킁킁, 이게 무슨 냄새야?"

"화약이……"

바로 그때, 바람을 가르며 탄환 두 발이 날아들었다.

피융!

두 사람은 순식간에 손이 잘려 나가 버렸다.

퍼억!

순간, 그들은 자신의 손이 없어진 것을 두 눈으로 똑똑히 지켜보았다.

하지만 워낙 경악할 일이라서 말도 제대로 나오지 않았다.

"어, 어어……?"

"으어어어?!"

말도 못 하고 떨고 있는 그들에게 또 한 발의 탄환이 날아들었다.

서걱!

이번에는 팔이 아니라 다리를 쏴서 그 자리에서 절름발이가 되어버렸다.

픽!

"끄아아아악!"

"이런 씨발!"

바닥에 고꾸라져 신음하는 그들의 뒤로 또 한 발의 탄환이 날아갔다.

피융!

이번에 날아간 탄환은 중국에서 온 장기 밀매꾼의 목덜미를 관통하였다.

푸하아아악!

단 일격에 시체가 되어버린 그는 자신이 돈을 주고 팔려던 장기들과 함께 바닷속 깊숙한 곳으로 가라앉아 버렸다.

첨벙!

이제 남은 두 절름발이에 외팔이는 공포에 몸을 떨다 오줌까지 지리게 되었다.

"으, 으으으!"

이윽고 그들의 앞에 저격총을 든 솔로몬이 다가왔다.

그는 피를 철철 흘리고 있는 그들에게 모르핀을 보여주며 말했다.

"잘하면 목숨은 부지할 수도 있다. 어떻게 할 텐가? 나를 따라서 가겠나?"

"…네, 네놈은……?"

"알 것 없다. 어차피 거부하면 죽을 목숨, 통성명은 무슨 통성명이야?"

공포에 질린 그들에게 선택권이란 애초에 존재하지 않은 것인지도 모른다.

거부하면 죽음이라는데 도대체 누가 거부할 생각을 한단 말인가?

"…따, 따라가겠다."

"가겠다?"

"가, 가겠습니다!"

"옳지. 그래야 내가 살려줄 마음이 들지."

잠시 후, 그의 앞으로 한 대의 승합차가 달려왔다.

부르릉!

승합차에선 두 명의 남녀가 내렸는데 그들은 손이 잘린 이들을 보자마자 얼굴에 침을 뱉었다.

"에잇, 퉤! 이런 더러운 새끼들!"

"…왜, 왜 이러시는 겁니까?!"

"왜 이러시냐고? 그걸 몰라서 물어, 씨발 놈아!"

퍼억!

여자는 화가 나서 그들의 얼굴을 발로 걷어차 버렸다.

그러자 사방으로 혈액과 치아가 바람을 타고 흩날렸다.

"흐어어……!"

"닥치면 중간이라도 간다. 그러니 앞으로 내 앞에선 주둥아리 간수 잘하기를 바라. 알겠어?"

"끄, 끄응……."

"대답 안 하지?"

"아, 아닙니다! 절대로 조심하겠습니다!"

"그래, 그래야지."

세 사람은 팔다리가 잘린 그들을 승합차에 욱여넣듯 실었다.

*　　　　*　　　　*

　솔로몬이 잡아온 통나무 장사꾼들은 생각보다 입을 쉽게 열었다.

　사람의 장기를 빼다 파는 놈들이니만큼 죽음과 가까이 하는 자들이지만 막상 자신이 죽는다고 생각하니 마음이 동한 것이다.

　그는 해오름 쉼터를 운영하는 방식과 김정태와의 유착관계에 대해 물었다.

　삐빅, 삐빅.

　봉합 수술을 마치고 이제 막 마취에서 깨어난 그들은 비몽사몽 중에도 아주 친절하게 입을 열었다.

　"김정태는 우리 해오름 쉼터에 돈을 대어주던 사람입니다. 처음 이 기관을 세운 사람도 바로 그 사람이지요."

　"그럼 그놈이 장기 밀매를 지시했단 말이야?"

　"그건 아닙니다. 우리는 원래 장기 밀매를 주업으로 삼던 사람들입니다. 쉼터는 그런 목적으로 만들어진 것이지요."

　"개새끼들이군."

　"…죄송합니다."

　솔로몬은 이 자리에서 나머지 한 팔도 잘라 버릴까 하다가 이내 마음을 가라앉혔다.

"이 세상에 인간백정들이 넘쳐난다는 소리는 들었어도 실제로 보는 것은 처음이라 자꾸 열이 받는군."

"다, 다시는 그러지 않겠습니다!"

"그건 당연한 소리고. 아무튼 김정태가 어떤 방식으로 지원했다는 소리야?"

"저희들에게 통나무로 팔아버릴 사람들의 명의를 사서 차명계좌나 돈세탁에 쓰일 명의를 만들고 밀항에 필요한 위조 여권까지 만들라고 했습니다. 그만큼 돈을 준다고요."

"그렇다면 그놈이 아예 돈을 꼬불치는 중개인인 셈이군?"

"그것까진 저희들도 잘 모르겠습니다. 아무튼 간에 그놈은 저희들을 먹여 살려준다면서 돈을 주고 철저하게 감시했습니다. 제대로 위장을 하고 있는지 어쩐지 불안했던 것이죠. 그래서 정부의 복지정책을 하나 바꾸어놓고 감시탑을 몇 개 더 세웠습니다. 그중에 하나가 바로 서울 시청이지요."

"으음, 그렇군. 그놈, 이곳에 꼬라박은 돈이 꽤 되는 거야. 그러니 법까지 개정하였지."

"그 법이 개정되면서 여러모로 우리 해오름 쉼터는 위험에 놓이게 되었습니다. 정부의 감시에 끝도 없는 조사까지 아주 사람의 목숨을 가지고 장난을 치더군요."

"너희들처럼?"

"그렇지요."

"뭐, 아무튼 간에 너희들이나 그놈이나 나쁜 놈인 것은 매한가지다. 그러니 벌을 받아야지."

"버, 벌이요?"

"장기 밀매로 감옥에 갈래, 아니면 여기서 내 손에 죽을래?"

"그건……."

"선택해라. 지금 여기서 내 손에 죽으면 산 채로 장기를 적출해서 서서히 죽는 것이고 그나마 감방에 가면 목숨은 건질 수 있다."

그 어떤 길을 선택해도 고통스러운 것은 마찬가지였지만 그들은 절름발이가 법정에 서게 되면 약간의 감형이 있을 것이라는 생각이 들었다.

두 사람은 전자를 선택했다.

"가, 감옥에 가겠습니다!"

"그렇지. 감옥에 가는 편이 좋겠지?"

"예, 그렇습니다!"

"그런데 문제는 너희들이 감옥에 들어가면 김진태가 가만있지 않을 것이란 말이지."

"…그렇지요."

"그럼 내가 여기서 제안을 하나 하지. 너희들이 감옥에 들어가는 동시에 김진태도 같이 감옥에 넣는 거야. 어때?"

"기, 김진태를 감옥으로요?! 하지만 김진태 정도면 감옥에서도 저희들을 얼마든지 죽일 수 있을 텐데요?"

"그건 모르지. 김진태의 돈을 너희가 가지고 있는데 설마 죽이기야 하겠어?"

"……!"

"잘하면 너희들이 그 돈을 챙길 수도 있는 것 아니야? 어차피 차명 계좌에 있는 돈인데 그놈이 자기 돈이라고 주장할 수 있겠어? 안 그래?"

그제야 두 사람의 표정이 밝아진다.

"오오!"

"언젠가는 감옥에서 나올 테니……."

"돈만 있으면 살아가는 데 큰 지장은 없을 것이다."

"그런 방법이……!"

"다만 김진태의 돈 중에서 95%는 내가 가져간다. 그리고 좋은 곳에 쓸 작정이다. 불만 없지?"

"9할이나요?!"

"왜? 싫어?"

"아, 아니요. 그런 것은 아니고요."

"김진태의 비자금이 한두 푼이야? 그 정도면 많은 것 아닌가? 그것도 받기 싫어?"

"아, 아닙니다!"

"아무튼 간에 너희들은 지금부터 내가 하는 대로 착실히 정보를 수집하고 앞으로 검찰에서 증언을 잘해야 한다. 그렇지 않으면 너희들은 어차피 죽어. 내 손에 죽든지 김진태의 손에 죽든지."

"아, 알겠습니다!"

"그래, 한번 두고 보겠어."

솔로몬의 얼굴에 아주 잔잔한 미소가 피어올랐다.

제4장
일격

집권여당의 이름이 통합한국당으로 바뀌면서 대대적인 인사 단행이 이뤄졌다.

이제 약 2년 남은 대통령 임기가 끝나면 곧바로 새로운 대통령을 배출하기 위해 당을 정비한다는 취지에서였다.

하지만 통합한국당의 속내는 따로 있었다.

제주도에서 벌어진 몬스터와의 공방전이 모두 대통령과 집권여당의 책임으로 돌아가게 된다면 지금으로선 도저히 빠져나갈 구멍이 없어지기 때문이었다.

당의 이름을 바꾸고 쇄신을 통해 건강한 정치를 표방하게 되었을 때야말로 어느 정도의 방어력이 생길 것이다.

여차하면 당을 두 개로 나누어 집권여당에 붙어 있던 일부 반 김진태 세력을 몰아내면 그만이니 김진태로선 이것이 최선의 방책이었다.

찰칵, 찰칵!

김진태는 인사 쇄신으로 건강한 당을 만들어 나가겠다는 포부를 밝히기 위해 기자회견장에 들어섰다.

기자들이 그에게 카메라 세례를 퍼부으며 질문을 건넸다.

"의원님, 얼마 전 제주도 사태에 대한 국민의 비판 여론이 커져가고 있습니다. 이에 대해서 어떻게 생각하십니까?"

"국민 여러분의 비판은 저 역시 모두 다 절감하는 부분입니다. 현 정부의 무책임으로 제주도 사태까지 벌어졌으니 누군가는 그에 대한 책임을 져야겠지요."

"그렇다면 현 사태를 방관한 정부와 대통령 내각까지 전부 인사 단행을 시도해야 한다고 생각하십니까?"

김진태는 애초에 벌어질 일이라면 지금 빠져나갈 구멍을 만들어놓기로 했다.

"예, 그렇습니다. 하여, 우리 집권여당은 옛 이름과 그림자를 모두 버리고 새로운 정당으로 거듭날 생각입니다. 이것이야말로 국민을 위한 정치인들이 해야 할 첫 자세라고 생각합니다."

"그러니까, 집권여당부터 가지치기를 할 테니 정부 역시 각성하라고 촉구하는 셈이군요?"

"정확히 보셨습니다."

"그렇군요."

잠시 후, 한 기자가 인파를 뚫고 다가와 그에게 마이크를 쑥 내밀었다.

"의원님, 잠시만요!"

퍼억!

멀쩡한 의자를 모두 내버려 두고 굳이 김진태에게 달려온 그녀를 보고 사람들이 손가락질을 했다.

"뭐야? 혼자 먹고살겠다는 건가?"

"하긴, 때론 저런 행동도 필요하긴 해. 하지만 해도 너무했군."

그녀는 주변의 시선 따윈 상관하지 않은 채 자신의 할 말을 했다.

"의원님, 한 말씀만 해주십시오!"

"열정이 대단하군요. 뭐가 궁금하십니까?"

"아마 잘 알고 계시리라 생각합니다. 현재 인터넷을 도배하고 있는 제주도 사태와 의원님의 연관 관계에 대한 것 말입니다."

순간, 그의 눈썹이 꿈틀거리긴 했지만 김진태는 이내 평정심을 되찾았다.

"말도 안 되는 소리입니다."

"그럼 인터넷에 떠도는 얘기들이 살인 교사를 받은 김두이 씨가 전부 짜고 거짓말을 하고 있는 것이란 말입니까?"

"하하, 경찰에서도 제가 돈을 건네 살인 교사를 저지른 정황을 잡지 못하고 있습니다. 그런데 무슨 고소입니까? 조만간 저희 변호인단도 무고죄로 맞고소할 생각입니다."

"맞고소라……. 만약 증거가 생긴다면 어떻게 하실 생각이죠?"

김진태는 아까부터 자신의 앞에 서서 자꾸 사람을 열받게 하는 그녀가 눈에 거슬렸다.

"…도대체 나에게 무슨 말이 하고 싶은 겁니까?"

"무슨 말을 하고 싶은 것이 아니라 팩트에 대해 묻고 있는 것입니다. 저는 사실 여부만 알면 되는 언론인이지 가십거리나 뿌리고 다니는 호사가가 아니거든요."

그녀가 몇 마디를 건넸을 뿐이지만 주변에선 이미 사실 여부 확인을 위한 질문을 준비하고 있었다.

안 그래도 최근 김진태의 살인 교사 스캔들 때문에 세간이 떠들썩한 상태였다.

오늘 기자회견에 온 기자들이야 전부 김진태가 친하게 지내는 사람들의 부하들로 진짜 저널리즘을 가진 사람들은 아니었다.

정말 제대로 된 언론인이었다면 김진태가 최근 경찰의 조사를 받은 사실부터 얘기했을 것이다.

하지만 이들은 그렇게 하지 않았고 오히려 기자회견을 뜨뜻미지근하게 끌고 나가고 있었다.

그런 가운데 한 여기자가 기자회견장에 폭탄을 투하한 것이다.

현재 이 기자회견은 뉴스를 통해 생중계되고 있었기 때문에 아무리 돈을 받은 언론인들이라고 해도 그녀의 얘기를 따라가지 않을 수가 없었다.

그녀가 포문을 열자마자 여기저기에서 공격적인 질문이 쏟아져 나왔다.

"의원님, 그럼 질문하겠습니다. 경찰에서 장철수 씨와 용병단 플로이다에 대한 증거를 제시했는데 전부 부인했다고 들었습니다. 그저 부인만 하는 것으론 의혹이 풀리지 않습니다. 의원님께서도 뭔가 확실한 증거나 알리바이를 제시해야 하는 것 아닙니까?"

"저들이 거짓을 말하고 있다면 당연히 증거가 없을 것입니다. 그러니 제가 굳이 증거를 제시해야 할 필요는 없지요."

"그거야 경찰서에서 해야 할 얘기이고요, 의원님과 집권여당이 제주도 사태와 아무런 관련이 없다는 증거는 국민에게 제시해야 할 증거입니다. 안 그래요?"

"…얘기가 좀 빗나간 것 같은데요? 기자님께선 저들이 위증을 제기하고 있다는 것에 대한 증거를 제시하라고 말씀하셨습니다."

"알아요. 한데 살인 교사가 진짜라면 의원님이 제주도 사태에 관련되었다는 직접적인 증거가 됩니다. 그러니 그것을 부인하려면 일단 당과 의원님의 소명이 필요하다고 생각합니다."

지금까지 억지로 숨겨오던 혐의에 대한 의혹이 제기되자 김진태는 어색하게 웃었다.

"아, 아하하! 말도 안 되는 헛소문에 일일이 대답하면 사람이 어떻게 살겠습니까? 안 그래요?"

"지금 사건에 대해 소명을 하신 겁니까?"

"소명을 한 것이 아니고 인간적으로 말이 안 되는 의혹이 제기되어 답답한 마음에 한 말입니다. 조만간 국민 여러분 앞에 소명을 내어놓겠습니다. 잠시만 기다려 주시지요."

이윽고 김진태는 급하게 기자회견을 마무리하였다.

"이만 줄이겠습니다."

"잠깐 기다려 주십시오! 기자회견은 아직 끝나지 않았습니다!"

"다음에 다시 뵙겠습니다."

찰칵, 찰칵!

기자들은 사진기를 들고 그를 뒤따랐고, 지상파와 공중파 보도진은 이 사건을 앞다투어 본사로 보냈다.

이제 곧 방송사에 김진태 의원의 제주도 관련 의혹을 다루는 방송이 잡힐 것이다.

신문사들은 김진태가 과연 정면 돌파를 시도할 것인지, 아니면 우회적인 방법으로 대처할 것인지를 두고 미래를 점쳤다.

내일이면 그 예측성 기사들이 난무할 테고, 김진태는 아마 견디기 힘들 정도까지 언론의 압박을 받게 될 수도 있었다.

그는 황급히 자동차를 타고 자신의 사무실로 향했다.

*   *   *

김진태의 제주도 사건 관련 의혹이 점점 커지면서 경찰의 행보에도 세간의 관심이 집중되었다.

경찰은 고소인 카미엘을 포함한 기존의 증인 다섯 명의 진술을 받고 새롭게 나타난 대포통장 상인 두 명의 진술을 추가로 확보하기로 했다.

증인들은 김진태가 자신들의 대포통장을 통하여 돈을 건넸다는 사실을 증명할 서류를 들고 경찰서를 찾아왔다.

찰칵, 찰칵!

형사들은 강력반 철문 너머로 계속하여 터지고 있는 카메라 플래시를 바라보며 한숨을 내쉬었다.

"후우, 이것 참, 일이 점점 더 커져가고 있네. 당신들, 증거가 정말 확실한 거죠?"

"물론입니다. 제가 미쳤다고 거짓말을 하겠습니까?"

대포통장 상인 최필용과 박성광은 자신들이 팔아먹은 통장이 어디에서 사용되었고 그것을 사용한 사람의 얼굴이 담긴 CCTV 화면까지 확보하였다.

경찰은 CCTV 화면을 통하여 김진태의 비서관 한귀석의 얼굴을 확인하였다.

화면에는 한귀석의 이목구비가 아주 또렷하게 나와 있었으며 아무리 시력이 나쁜 사람이라도 그것을 한눈에 알아볼 수 있을 정도였다.

대포통장은 여러 가지 인터넷 뱅킹 수단을 사용할 수 없기 때문에 직접 CD기를 통하여 입금하는 수밖에 없다.

통장을 수급한 사람이 이미 고인이 되었거나 실종 상태에 있기 때문에 핸드폰을 만들어낸다고 해도 본인 확인이 어려워 OTP나 보안카드를 발급받을 수 없었다.

덕분에 한귀석은 직접 CD기에 돈을 입금하는 방식을 선택할 수밖에 없었던 것이다.

경찰들은 최필용과 박성광에게 다시 한번 사실을 확인하였다.

"다시 한번 확인하겠습니다. 증인들은 김진태 의원에게 대포통장을 넘겼고 비서관인 한귀석 씨가 그 통장을 이용하여 돈을 건넸다고 주장하고 있는 것이죠?"

"주장이 아니라 사실입니다. 한귀석 씨가 돈을 건넨 증거가 있잖아요."

"그렇긴 하지만 김진태 의원이 직접 통장을 수급했다는 증거가 없잖습니까?"

"아니, 한귀석 씨가 도대체 무슨 능력이 있어서 50억이나 되는 현금을 마련하겠어요? 그는 지금 대출을 받은 기록도 없고 재산 목록상에 돈을 조달할 수 있을 만한 물건도 없는데요. 한귀석 씨는 기껏 해봐야 3~4억 정도의 재산을 가지고 있습니다. 그건 형사님들이 더 잘 아실 것 아닙니까?"

"흠."

"아무튼 간에 나머지는 검찰에서 알아서 하겠죠. 저희들은 대포통장을 만들었으니 금융거래법 위반의 죄만 받으면 되는 것이죠?"

형사들은 눈앞에 금융거래법 위반 피의자가 있는데 체포를 하지 않을 수가 없었다.

그들은 그 자리에서 수갑을 채웠다.

철컥!

"뭐, 그럼 그렇게 합시다. 두 사람은 대포통장을 유통시킨 혐의를 받고 있습니다. 인정하시죠?"

"예, 그렇습니다."

"죄를 시인했으니 자수로 처리해 드리지요."

"고맙습니다."

통장을 만든 혐의가 있으니 검찰로 넘어가면 그에 대한 판결을 받고 법원에서 형량을 확정받게 될 것이다.

두 사람은 감옥에 들어갈 것이 뻔한데도 오히려 홀가분한 표정을 지었다.

"휴우, 이제 좀 살 것 같네요. 매일 밤이 아주 지옥이었습니다. 죄를 짓고 사는 것이 이리도 무서운 것인 줄 몰랐어요."

"양심의 가책을 느꼈군요."

"이 세상에 죄짓고 발 뻗고 잘 수 있는 사람이 과연 얼마나 되겠어요? 안 그래요?"

"뭐, 그건 그렇지요."

"아무튼 간에 유치장으로 보내든 어떻게 하든 처리를 좀 해 주시죠."

"알겠습니다. 잠깐만 여기서 기다려요."

두 사람은 세상 편안한 표정으로 경찰들의 처분을 기다렸다.

*　　　　　*　　　　　*

한편, 솔로몬은 김진태의 비서관인 한귀석의 자택을 찾아갔다.

그는 지금 세 명의 자녀를 키우며 살고 있는데, 자녀들과 아내를 유학 보내고 혼자 살아가는 중이다.

똑똑.

서울의 한 연립주택의 문을 두드리자 그 안에서 한귀석이 고개를 빠끔히 내밀었다.

"누구시죠?"

"유엔에서 나왔습니다."

"유, 유엔이요?"

"잠시 문 좀 열어주실 수 있겠습니까?"

한귀석은 솔로몬이 유엔의 구호 기금을 조성하러 다니는 모금관이라고 생각했다.

그는 솔로몬을 단박에 쫓아낸다.

"가세요. 저는 지금 혼자 먹고살 돈도 마련하기 빠듯하다고요."

"압니다. 그래서 찾아온 것입니다."

"…뭐요? 지금 사람 놀리는 겁니까?"

"아니요. 놀리는 것 아닙니다. 당신의 사정을 뻔히 알고 있으니 도우려고 온 것이죠."

"뭐가 어쩌고 어째요?!"

한귀석이 문을 벌컥 열고 나오자 솔로몬은 그 앞에 은색 슈트케이스를 내밀었다.

슈트케이스를 본 한귀석이 그 자리에 우뚝 멈추어 섰다.

"뭐, 뭐 하는 겁니까?"

"도움을 드린다고 했습니다. 이게 바로 그 도움이라는 겁니다."

그는 솔로몬이 건넨 가방을 받고 그 내용물을 확인해 보았다.

철컥!

슈트케이스 안에는 시가 15억 상당의 무기명 채권과 금괴가 들어 있었다.

순간, 한귀석은 화들짝 놀라 솔로몬을 바라보았다.

"이, 이게 다 무슨……?"

"돈입니다. 요즘 돈 문제로 참 힘들다고 들었습니다. 하여 우리 유엔 조사단이 당신에게 도움을 좀 주려고 합니다."

한귀석은 돈을 보자마자 동공이 흔들렸다,

최근 한귀석은 아내와 아이들을 유학에 보내고 혼자서 힘겹게 기러기 아빠 생활을 하고 있었다.

외롭고 힘든 것은 둘째 치고 그는 요즘 자금난에 시달려 사채까지 끌어다 쓸 생각을 하고 있었다.

제아무리 잘나가는 국회의원의 비서관이라고 하지만 그가 벌 수 있는 돈은 한정적이었다.

그렇다고 그가 김진태의 총애를 받아 함께 뒷돈을 만지는 사이도 아니라서 매달 들어오는 돈은 거기서 거기였다.

한귀석은 돈을 보자마자 그를 안으로 들였다.

"…일단 안으로 들어오시죠."

"먼저 얘기를 들어보지 않아도 됩니까?"

"안으로 들어와서 얘기하면 될 것 아닙니까?"

"알겠습니다."

솔로몬이 집 안으로 들어오자 한귀석은 자신이 저녁 겸 반주
로 마시고 있던 소주병을 당장 거꾸로 물었다.

꿀꺽꿀꺽!

"크후, 좀 낫군!"

"김진태 의원 라인에 있는 사람이 무슨 소주입니까? 위에서
돈을 잘 안 챙겨주는 모양이죠?"

"그거야 내가 워낙 못나서 그래요. 다른 사무관이나 비서관
들은 저보다 몇 배는 돈을 더 잘 법니다. 제가 능력이 없으니
돌아오는 것이 없는 것뿐이죠."

"그래요? 세상 참 불공평하군요. 혼자서 총대 메고 대포통장
만들어서 뒷돈까지 돌려주었더니 돌아오는 것은 결국 아무것
도 없네요."

순간, 한귀석의 눈동자가 휘둥그레졌다.

"그, 그걸 어떻게……?!"

"다 아는 방법이 있죠. 저는 유엔에서 나온 사람입니다. 당신

의 사정을 알아볼 수단은 지천에 널렸어요."

솔로몬은 한귀석이 들고 있는 소주병을 잡았다.

"한 잔 따르겠습니다."

"……"

"남자가 따르는 잔은 안 받는 그런 사람은 아니겠지요?"

이미 넋이 나간 한귀석에게 솔로몬이 물었다.

"당신, 한 달에 외국으로 보내는 돈이 얼마나 됩니까? 300만 원? 400만 원?"

"…비슷합니다."

"그래요. 이 정도면 꽤 많은 돈이 들어가는 것 아닙니까? 보통 사람 한 달 월급, 혹은 그보다 더 될 법한 돈을 보내고 있는 겁니다. 당신, 연봉이 무슨 1, 2억 합니까?"

"아니요."

"그럼 더 이상 가족에게 돈을 보내기가 곤란하겠군요. 돈은 어디서 나겠어요? 김진태는 매일 허드렛일에 걸핏하면 더러운 일이나 시키는데요. 안 그래요?"

솔로몬의 말을 들은 한귀석은 자신의 서러움을 알아주는 그에게 어느 정도 마음이 기울었다.

처음엔 솔로몬을 무작정 무시하고 경계했지만 가려운 곳을 삭삭 긁어주니 마음이 풀리고 있는 것이다.

"씨발."

"그래요, 한잔 마셔요. 모자라면 내가 술 한잔 사드리겠습니다."

"유엔에서 왔다고요?"

"네, 그렇습니다."

"내가 돈을 건넨 정황까지 안다는 것을 보니 정보력이 꽤 좋은 모양이군요."

"좋지요. 그 정보력으로 당신이 사용한 대포통장의 공급자들이 경찰서로 간 것도 알고 있습니다."

"……!"

"아마 며칠 내로 김진태가 소환 명령을 받을 겁니다. 그렇게 되면 당신의 인생도 이젠 끝이겠지요."

한귀석은 머리를 부여잡았다.

"빌어먹을!"

"그래요, 빌어먹을 상황이죠. 하지만 당신은 나라는 든든한 동아줄이 있습니다. 어때요? 한번 잡아볼래요?"

그는 솔로몬의 제안에 살며시 머리에서 손을 뗐다.

"…그 동아줄이 무슨 줄인데요? 뭘 어떻게 해야 잡을 수 있는 겁니까?"

"간단해요. 당신은 그냥 김진태가 시켜서 돈을 입금한 것뿐입니다."

"그것을 증명할 증거가 없는데요."

"당장은 없죠. 하지만 곧 생길 겁니다."

"……?"

"다 방법이 있습니다. 저는 못 하는 것이 없는 유엔조사관이 거든요. 마음만 먹으면 그놈의 돈줄을 찾아내는 것쯤은 아무것 도 아닙니다."

"그럼 돈줄을 찾아내 돈을 빼낸 정황을 증명한다면……."

"게임 끝이죠. 지금이라도 그놈과 연을 끊는 것이 좋을 겁니 다."

한귀석은 지금 자신이 어떤 처지에 놓였는지 어렴풋이 감이 왔다.

그는 잘못하면 모든 죄를 뒤집어쓰고 독박 옥살이를 하게 될 수도 있었다.

'그래, 제기랄! 이렇게 빵에서 썩느니 차라리 김진태를 배신하 는 편이 낫겠어!'

소주를 한 모금 더 넘긴 한귀석이 말했다.

"그래요, 합시다!"

"자신 있습니까?"

"어차피 죽을 것이라면 조금이라도 도움이 되는 쪽으로 자빠 져야죠. 그게 순리 아닙니까?"

"사리 분별이 빠르시군요. 앞으론 그 특기를 살려서 살아가시 기 바랍니다."

솔로몬은 그에게 손을 내밀었다.

"가방 주시죠. 일단 선금으로 돈을 드린 후에 나머지 돈을 드리겠습니다."

"선금이요?"

그는 가방에서 금괴 몇 개를 꺼내 테이블 위에 올려놓았다.

따악!

딱딱하지만 그 소리가 여느 돌덩이와는 차원이 달랐다.

듣기만 해도 싱그럽고 기분이 좋아지는 금괴 부딪치는 소리는 한귀석의 몸을 달게 하였다.

"언제쯤 실행하면 되겠습니까?"

"일단 그놈이 흥분해서 경찰서로 출두하면 슬슬 시작할 시기가 왔다고 생각하십시오. 그놈은 분명히 부인할 테니 당신이 증인으로 나서는 겁니다. 놈이 돈을 어디서 인출하여 건넸는지 알아내서 말입니다."

"알겠습니다. 그렇게 하지요."

솔로몬은 그에게 악수를 건넸다.

"한번 잘해봅시다. 당신도 살고 나도 사는 쪽으로 말입니다."

"그래요, 알겠습니다."

김진태를 옭아맬 올가미는 서서히 완성되어 가고 있었다.

*　　　　*　　　　*

늦은 밤, 고스트가 해오름 쉼터의 창고를 찾았다.

끼이이익!

해오름 쉼터에는 지금까지 자신들이 관리하고 있던 김진태의 비자금 목록이 담긴 장부가 보관되어 있었다.

이 장부 하나만 있으면 그가 얼마나 많은 돈을 해먹었는지 알 수 있었다.

그는 수많은 장부 중에서 최근에 처분된 비공식 사유재산의 목록을 입수하였다.

해오름 쉼터에서 판매된 비공식 사유재산 목록은 현금으로 전환되어 그에게 전달되었다.

무려 50억이나 되는 현금을 마련한 김진태는 그것을 직접 차로 받아서 자택에 보관했다.

이미 김진태의 차량이 현금을 싣고 떠나는 장면을 확보하였기 때문에 남은 것은 돈의 출처였다.

해오름 쉼터가 처분한 건물의 금액과 그것이 오간 정황이 있으니 더 이상 김진태는 빠져나갈 구멍이 없어진 셈이다.

이어서 고스트는 그가 최근에 돈을 찾아간 내역뿐만 아니라 지금까지 김진태가 맡겨놓은 수천억대의 자산 내역도 확보하였다.

자산 내역이 나온 자료를 펼치니 고스트의 입에선 저절로 육

두 문자가 튀어나올 수밖에 없었다.

그는 지금까지 뇌물과 국고 횡령을 통하여 틈만 나면 돈을 빼돌리기 일쑤였기 때문이다.

"아무리 부패하지 않은 곳을 찾기 힘든 정부라고 해도 이건 정도가 너무 심했어. 앞으로는 청렴한 척 혼자 다 하더니 뒤가 아주 구리군. 어쩐지 생긴 것부터 마음에 안 든다고 했어."

미신을 믿는 스타일은 아니지만 관상에 관한 말은 신뢰하는 고스트이다.

관상은 오래도록 사람들을 관찰하면서 만들어진 일종의 통계일 테니 절반은 믿을 수 있다고 생각한 것이다.

고스트가 보기에 김진태는 탐욕스럽고 교활하며 언젠가는 그 탐욕과 교활함 때문에 패가망신을 할 상이었다.

아마도 관상에 나온 그 패가망신살이 이번에 터질 모양이다.

"그나저나 이렇게 많은 돈을 모아놓고도 또 범죄를 저지르려고 하다니 이놈도 보통은 아니구나."

세상에 쉬운 일은 하나도 없다고, 돈을 꼬불치는 것도 보통의 능력으로 될 일은 아니었다.

어쩌면 이 재주를 좋은 곳에 썼다면 오히려 명망 있는 정치인이 되었을지도 모른다.

"아무튼 간에 나쁜 짓을 했으면 벌을 받아야지. 아무리 좋은 머리를 가졌다고 해도 인성이 비뚤어졌으면 끝이지."

고스트는 그의 비자금 현황을 모두 털어 홀연히 사라져 버렸다.

*　　　*　　　*

이른 아침, 김진태의 사무실로 소환장이 날아왔다.

그의 비서관들이 호들갑을 떨며 김진태에게 고소장을 들고 왔다.

"의원님, 큰일입니다!"

"큰일?"

"경찰서에서 다시 소환을 명령했습니다!"

"명령? 임의동행이 아니고?"

"저쪽에서 결정적인 증거를 제시했답니다!"

순간, 김진태의 표정이 와락 일그러졌다.

"그게 말이 되는 소리인가?! 우리가 무슨 증거를 남겼을 리가 없잖나?!"

"그렇지요. 하지만 저들이 어디서 구해왔는지 몰라도 의원님이 돈을 건넨 정황을 잡아왔답니다."

"제, 젠장!"

그는 사무관 한귀석을 바라보았다.

"…설마?"

"아, 아닙니다! 절대로 그럴 리가 없습니다! 그들은 지금까지 경찰 수사망을 10년도 넘게 빠져 다닌 베테랑들입니다! 그리고 그 통장들은 차명이라 우리가 돈을 보낸 정황이라고 볼 수도 없습니다!"

"그럼 도대체 어떤 증거들이 제시되었다는 거야?"

"그건 저도 잘……."

김진태는 깊은 한숨을 푹 내쉬었다.

"후우, 이것 참 난감하군. 지금 내가 경찰서로 가면 방금 전화두가 된 의혹의 불길이 점점 더 커질 것이고, 그렇다고 가지 않으면 의혹을 일부 인정하는 꼴이 되니……."

"일단은 변호인단을 통해 자문을 받기로 하시지요."

"자문? 이게 지금 자문을 받아서 될 일이야?"

김진태는 한귀석의 뺨을 후려쳤다.

짜악!

"으윽!"

"애초에 일을 제대로 처리했으면 이런 일이 생겼겠어?!"

"죄, 죄송합니다!"

"지금 당장 경찰에 접수된 증거가 무엇인지 알아와! 두 시간 주겠어!"

"알겠습니다!"

만약 사건이 검찰로 넘어가게 된다면 살인 교사에 대한 혐의는 물론이고 제주도 사태와의 유착관계도 함께 조사될 것이다.

이 사건이 커질 경우엔 대검찰청 중수부에서 나올 수밖에 없을 테니 당에서 아웃사이더로 밀려나는 것은 반대 세력이 아니라 오히려 김진태가 될 공산이 컸다.

그는 위기의식을 느꼈다.

"젠장! 젠장!"

"의원님, 어떻게 할까요?"

"일단 저놈의 말처럼 변호인단을 소집하고 검찰과 경찰에 전화 한 통씩 돌려."

"예, 알겠습니다."

발등에 불이 떨어진 김진태는 빠릿빠릿하게 움직이기 시작했다.

제5장

인과응보

대검찰청 중앙수사부 회의실에 검사들이 모여들었다.

중수부장 석동율이 휘하의 검사들을 바라보며 조심스럽게 얘기를 꺼냈다.

"김진태 의원에 관한 사건이 경찰에서 우리 검찰로 넘어왔다. 이번 사건은 범국민적인 관심을 받고 있는 만큼 가장 실력 있는 사람이 처리했으면 하는데, 다들 동의하나?"

"물론입니다."

석동율은 자신의 직속 후배인 심청수를 지목했다.

"심 프로, 자네가 수고를 좀 해줘야겠어."

"제가 말입니까?"

"당연하지. 여기 자네 말고 심 씨가 또 있나?"

사실 석동율은 얼마 전 심청수에게 김진태 사건에 대한 증거를 모두 전달받은 상태였다.

솔로몬이 심청수를 찾아와 대검이 직접 칼을 뽑아 들 것을 요청한 것을 알리자 석동율은 다른 방도가 없다고 생각했다.

그는 일이 더 커지기 전에 자신이 나서서 김진태를 감옥에 집어넣어야 사법권이 살 것이라 계산한 것이다.

기왕지사 칼을 뽑아 들었다면 제대로 한번 치고 들어가는 것이 좋았다.

"기세영, 최철연."

"예, 부장님."

"두 사람은 김진태와 제주도 사건의 연관성에 대해 조사하고 청수 자네는 이번 사건의 메인에 서서 적당히 언론을 관리해 주게나."

"잘 알겠습니다."

"모두 알다시피 김진태는 언론 플레이를 상당히 잘하는 사람이야. 얼마 전 기자회견장에서도 놈의 끄나풀만 모아놓은 것 봐. 연줄이 꽤 탄탄하다는 소리지."

"사탕발림이 예사롭지 않은 놈이긴 하지요."

"아무튼 간에 이번 사건은 앞으로 엎어져도 국회에게 깨지고 뒤로 넘어져도 국민에게 깨지게 되어 있다. 아무쪼록 엎어지지 않도록 주의하기를 바란다."

"예, 알겠습니다."

이윽고 석동율을 제외한 검사들이 전부 회의장을 빠져나가기 시작했다.

그때, 석동율이 심청수를 잡았다.

"자네는 좀 남지."

"예, 알겠습니다."

석동율은 심청수에게 담배를 한 대 권하였다.

"피울 텐가?"

"예."

두 사람은 마주 앉아 담배를 피우며 밀담을 시작하였다.

"증거 인멸의 우려는?"

"있습니다. 당연히 구속해야죠."

"그래, 자네의 말이 맞아. 그놈이라면 도주하고도 남을 자식이지."

석동율은 심청수에게 한 가지 복병에 대해서 설명하였다.

"그런데 말이야, 돈을 건넨 사람이 비서장이라서 문제가 될 것 같군. 김진태가 비서장에게 죄를 뒤집어씌우면 우리로서도 할 말이 없어."

"알고 있습니다. 그래서 저도 수를 좀 써봤지요."

"수를 써?"

그는 석동율에게 USB를 하나 건넸다.

"나중에 집에 가서 혼자 보십시오. 그 어떤 누구도 함께 보면 안 됩니다."

"그렇게 중요한 물건인가?"

"김진태가 아주 좋은 블랙박스를 쓰고 있더군요."

순간, 석동율의 눈이 번쩍 뜨였다.

"블랙박스? 이 영상은 도대체 어디서 난 건가?"

"나쁜 놈 혼내주는 데 이 정도 수고는 당연한 것 아닙니까?"

석동율은 그제야 얼굴에 자신감이 붙었다.

"후후, 좋아. 이 정도 장비면 수술 들어가 볼 만하지."

"한 방에 때려잡겠습니다. 야무진 놈이니만큼 빈틈을 주어선 안 되지요."

"그래, 자네만 믿겠네."

두 사람은 다시 한번 의기투합하였다.

* * *

이른 아침, 피고소인 신분으로 경찰서를 찾은 김진태에게로 형사들의 질문이 쏟아졌다.

"1개월 전 당신은 최필용, 박성광 등에게 대포통장을 구입하고 명의를 도용하여 용병단 플로이다에게 50억을 건넸습니다. 맞습니까?"

"아닙니다."

"그 과정에서 브로커 장철수를 섭외하여 중간에서 상호관계를 조율하도록 시키고 그 대가로 약 1억 5천만 원 상당의 돈을 건넸습니다. 맞습니까?"

"사실무근입니다."

"당신의 돈을 전달받은 플로이다 용병단은 제주도 사건을 해결한 제1 공로자인 김두이 씨를 살해하려다가 실패하였습니다. 원래 이들이 살해를 계획한 것은 당신의 사주 때문이었지요. 인정하십니까?"

"인정하지 않습니다."

"이에 대한 증거들이 있습니다. 우선 당신이 대포통장을 구입하여 돈을 건넨 정황을 입증할 사람들이 있고 돈이 오간 정황도 있습니다. 그리고 무엇보다 당신에게 사주를 받은 살인청부업자들이 스스로 경찰에 자진 출두를 했습니다. 이래도 부인하시겠습니까?"

"하지 않은 사실을 했다고 시인할 수는 없지요."

형사들은 이번엔 관점을 바꾸어 질문하기 시작했다.

"좋습니다. 당신이 범죄를 저지르지 않았다면 50억에 대한 근거를 말씀해 보시지요."

"저는 모르는 돈입니다."

"그렇다면 평범한 비서관인 한귀석 씨가 어디서 50억이라는 돈을 마련했다는 것이죠?"

"그걸 제가 어찌 알겠습니까? 아무리 친한 비서관이라고 하지만 그의 개인 사생활까지 간섭할 권리는 저에게 없다고 생각합니다."

"개인 사생활이라……. 뭐, 관점을 바꾸면 그렇게 생각할 수도 있겠군요."

"관점이고 뭐고 저는 범죄를 저지른 적이 없어요. 애초에 저는 김두이 씨가 누구인지도 모르고 플로이다가 뭐 하는 사람들인지도 모릅니다. 형사님들이 말씀하시니 그 이름들을 처음 들었을 뿐입니다."

"으음, 그렇단 말이죠?"

"물론입니다."

"뭐, 좋습니다. 그럼 다음 증거들에 대한 소명을 좀 해주셨으면 합니다."

"증거요?"

경찰들이 건넨 증거 자료에는 그가 대포통장을 구매한 시기와 그것을 가지고 입금 및 송금을 시도한 시기를 담은 CCTV 화면이 캡처되어 있었다.

화면에 나온 사람들은 누가 보아도 김진태와 한귀석이었으며, 인출될 당시의 CCTV 화면의 날짜와 시간이 송금을 받은 시간과 정확하게 일치하였다.

또한 그들이 송금 장소로 가는 장면을 담은 블랙박스 영상의 캡처 역시 첨부되어 있어 그 정황을 뒷받침하고 있었다.

"자, 그럼 이 증거들에 대해 한번 설명해 보시지요."

"제 비서관이 입금을 하고 있군요."

"그래요, 일금 50억에 달하는 돈을 입금했지요. 이때 동행한 당신도 이 사실을 알고 있었습니까?"

"몰랐습니다."

"그럼 어째서 은행 앞까지 동행한 것이지요?"

"개인적인 사정이 있다면 수행 중간에 잠시 들를 수도 있는 것 아닙니까? 아무리 꽉꽉한 사람이라고 해도 부하 직원이 은행에 잠깐 들른다는데 뭐라고 할 수 있습니까?"

"그런데 이상한 것은 입금 시각이 새벽녘이라는 것입니다. 상식적으로 아무리 꽉꽉한 상사라고 해도 새벽에 부하 직원을 불러내어 동행을 요청한다는 것은 말도 안 되는 일입니다."

"제가 새벽에 스케줄이 있어서……."

"공식 스케줄을 확인해 보니 이 당시엔 움직일 만한 사안이 하나도 없었습니다. 그렇다면 개인적인 스케줄로 움직인 것인데, 비서가 개인적인 스케줄까지 동행합니까?"

"그건 아니죠."

"그럼 이 상황을 한번 설명해 보시지요."

김진태는 수세에 몰리게 되었다.

하지만 그는 침착하게 경찰들의 압박 수사를 돌파해 나갔다.

"아아, 이제야 기억이 나는군요. 그때 저는 한 비서관과 낚시를 가던 도중이었습니다."

"낚시요? 평일에 낚시를?"

"물때가 잘 맞아서 대물을 낚으려면 그때밖에 시간이 없었습니다."

"낚시를 하러 가신 곳이 어디죠?"

"인천입니다."

"인천 어디요?"

"지명까진 잘 모르겠습니다. 아마 한 비서관이 알고 있을 겁니다."

"뭐, 좋습니다. 그러니까, 의원님의 말씀에 따르자면 평일 새벽에 비서관과 함께 낚시를 하러 가던 도중에 비서관이 잠시 멈추어 50억을 남에게 입금시켰다는 말씀이시죠?"

"예, 그렇습니다."

"알겠습니다. 그렇게 조서를 꾸미겠습니다. 괜찮으시죠?"

"물론입니다."

경찰은 곧바로 그에게 또 다른 증거를 제시하였다.

"자, 이번에는 또 다른 증거입니다. 의원님께서 불법자금 관리자들에게 50억을 받은 내역입니다."

"…뭘 받아요?"

"50억이요. 당신이 가지고 있던 불법 계좌들에 대한 자금 내역입니다. 전부 추적하기는 불가능하고 이미 현금화된 50억만 추적이 가능했지요. 당신은 부동산 형태로 되어 있던 50억의 금액을 현금으로 환전하여 받았습니다. 그 자금은 50억 현금으로 입금되었지요. 그 계좌가 바로 이 계좌입니다."

형사가 건넨 입금 계좌는 차명으로 만들어진 한국은행 계좌였다.

"이 계좌는 방금 전 말씀드린 살인 청부 의뢰에 사용되었던 물건입니다. 이곳으로 50억을 입금한 사람은 바로 당신입니다."

그는 현금을 유동화한 흔적이 있는 불법 계좌 관리자의 장부와 그 돈이 빠져나간 시간 등을 정리하여 놓았다.

형사가 정리한 정황은 모두 김진태가 범인이라고 지목하고 있었다.

"……"

잠시 할 말을 잃은 김진태에게 그는 또 다른 증거를 제시하였다.

"화질이 좋은 최고급 블랙박스를 사용하고 계시더군요. 혹시나 하는 마음에 포맷을 하셨는지 모르겠습니다만, 전면과 후면, 측면의 녹화 화면이 전부 깨끗이 소멸되었더군요. 녹화 용량이 무려 20기가에 이르는 고성능 블랙박스인데 말이죠."

"뭐, 그거야 시한이 다 되어……."

"하지만 애석하게도 너무 고성능 블랙박스를 설치하셨어요. 의원님의 차량에는 블랙박스가 총 네 개로 나누어져 있습니다. 전면, 후면, 측면, 그리고 실내. 실내의 화면은 운전석 팔걸이 부분에 저장 장치를 두고 녹화를 합니다. 이건 차가 완파되었을 경우를 대비한 고급 전략이지요."

"…그게 뭐 어쨌다는 겁니까?"

"이 화면에 의원님께서 50억을 직접 받아 입금한 정황이 잡혀 있어요."

순간, 김진태의 표정이 와락 일그러졌다.

"증거가 있다고요?"

"예, 물론입니다. 얼마 전 익명의 제보자께서 영상을 보내왔더군요."

형사는 자신의 핸드폰에 담겨 있는 블랙박스 녹화 화면을 김진태에게 보여주었다.

화면에는 트레이닝복 차림의 김진태가 야구 모자를 쓴 채 경기도 외곽의 한적한 CD기를 기용하여 돈을 입금하는 모습이 나와 있었다.

그는 같은 방식으로 경기도 곳곳을 돌면서 돈을 입금하였다.

"엄청난 수고를 자처하셨더군요. 이렇게 무식한 방법으로 불법자금을 마련하시다니, 정말 의지의 한국인이십니다. 이렇게 나누어 입금하면 추적하기도 힘들고 만약의 사태에 대비하기에도 좋지요."

"…저는 금시초문입니다."

"아아, 그러십니까?"

형사는 그의 말을 그대로 조서에 받아 적었다.

"모든 혐의를 부인하고 증거에 대한 사실은 전부 금시초문이다. 맞습니까?"

"…그래요."

"뭐, 아무튼 간에 증거가 나왔으니 우리 경찰은 검찰로 넘길 수밖에 없습니다."

"검찰?"

"피의자가 도주할 우려가 충분하고 블랙박스의 영상을 삭제한 정황들로 미뤄봤을 때 구속이 불가피하다고 판단됩니다. 하여, 우리 경찰은 피의자 신분으로 당신을 구속할 방침입니다."

수갑을 꺼낸 형사가 그의 팔에 은색 선물을 얹어주었다.

철컥!

"잘 들으십시오. 좀 깁니다. 김진태 씨 당신을 살인 교사 및 불법자금 조성, 금융법 위반, 불법 사찰, 탈루 탈세 혐의 등등으로 체포합니다. 묵비권을 행사할 수 있고 지금부터 당신이 하는 말은 법정에서 불리한 증거가 될 수 있으며 변호사를 선임할 권리가 있습니다."

"…당신들, 정말 자신 있어? 나를 잡아넣고도 무사할 것이라고 생각하나?"

"그거야 법의 심판대에서 해야 할 말 아닌가요? 끌고 가."

"예."

김진태는 뜻밖의 증거들로 인하여 사면초가에 몰리게 되었다.

*　　　　　*　　　　　*

찰칵, 찰칵!

경찰 조사를 끝내고 검찰청으로 넘어가는 김진태의 곁으로 엄청난 인파의 기자들이 몰려들었다.

그는 수갑을 찬 두 손을 가리는 검은색 천을 손에 두르고 있었지만 모아놓은 두 손이 유난히 부각되는 것 같았다.

기자들이 김진태에게 마이크를 들이댔다.

"김진태 의원님, 도대체 어떻게 된 겁니까?! 한 말씀만 해주십시오!"

"…뭔가 착오가 있었습니다. 검찰에서 모든 의혹을 푼 이후 두 발로 당당히 걸어 나오겠습니다."

"그렇다면 저들이 의원님을 증거도 없이 고소했단 말입니까?!

그럼 추후에 무고죄로 맞고소를 하실 생각인 겁니까?!"

"무고죄에 대해선 추후에 다시 말씀드리겠습니다. 지금은 헛소문에 의해 국민 여러분께 심려를 끼쳐 드린 것을 만회하는 것에 집중하고 싶군요."

그는 수갑을 찬 채로 국민 앞에 고개를 숙였다.

90도로 고개를 숙인 김진태는 있는 힘껏 목청을 다해 외쳤다.

"죄송합니다! 다시는 이런 의혹이 생기지 않도록 주변 관리를 철저히 하겠습니다!"

김진태가 고개를 숙이는 것이 처음은 아니었다.

지금까지 총 15번의 스캔들을 겪으면서 이 자리까지 온 김진태는 위기를 오히려 기회로 반전시켜 온 승부사였다.

자신이 절벽에 밀릴 때마다 능숙한 언론 플레이로 국민의 혼을 쏙 빼놓고 자신은 유유히 용의 선상에서 빠져나갔다.

그런 일련의 사건들이 겹쳐지다 보니 어쩌면 이번 사건도 그저 스캔들로 끝날 수도 있겠다는 생각이 들지도 모른다.

그렇지만 기자들은 그를 놓아줄 생각이 전혀 없었다.

"그런데 의원님, 의혹이 너무 많습니다! 비자금부터 비밀 실험실까지, 이 모든 것을 다 어떻게 설명하실 겁니까?!"

"의혹이 있다면 풀어야겠지요."

"그럼 검찰에서 나오는 대로 모두 소명할 수 있다는 말씀이신가요?!"

"예, 그렇습니다."

자신감이 너무 넘쳐서 어쩌면 정말로 그가 죄를 짓지 않았다는 생각이 들 수도 있었다.

하지만 겉모습이야 어찌 되었든 간에 그는 이미 죄인이 되었다.

"갑시다."

"그러자고요."

경찰들의 손에 양팔이 붙잡힌 김진태가 검찰청 안으로 들어섰다.

김진태는 검찰청 수사관들에게 두 팔을 내밀었다.

"후우, 힘들군. 이것 좀 풀어주시게."

"……?"

"내 말이 안 들리나? 수갑을 풀라고 했네."

그는 대검에 들어왔으니 당연히 특별 대우를 받을 것이라고 생각했다.

하지만 그의 생각과는 꽤 많이 다른 그림이 펼쳐졌다.

"김진태 씨, 상황 파악이 안 됩니까?"

"뭐, 뭐야?"

"당신은 피의자 신분으로 이곳에 온 겁니다. 증거들이 모두 당신을 범인으로 가리키고 있는데 어디서 거드름을 피웁니까?"

"이 사람이 미쳤나? 내가 누군 줄 알고……!"

김진태가 조사관에게 삿대질을 하고 있을 무렵, 대검 중수부에서 사람들이 도착하였다.

검사 배지를 달고 있는 그들에게 김진태가 소리쳤다.

"이봐, 자네들! 조사관을 도대체 어떻게 관리하기에 이 모양인가?!"

대검 중수부 소속 이세철 검사는 가만히 그를 바라보다가 무심히 한마디 툭 던졌다.

"이봐요, 수사관님들. 일을 도대체 어떻게 하는 겁니까?"

"죄, 죄송합니다!"

"하하, 그것 봐! 네놈들……."

이세철 검사는 그의 말은 들은 척도 하지 않고 계속 수사관들을 꾸짖었다.

"도대체 일을 어떻게 하면 감히 범죄자가 대검찰청에서 소리를 지르느냔 말입니다. 그러고도 수사관입니까?"

"죄송합니다!"

"앞으론 이런 일 있으면 그냥 쥐어 패세요."

"……!"

이세철 검사는 김진태의 가슴팍을 손가락으로 쿡쿡 찌르며 말했다.

"이 아저씨가 아침부터 썩은 밥을 처드셨나? 여기가 어디라고 감히 소리를 지르고 난리야? 당신, 정말 뜨거운 맛을 한번 봐야 정신을 차리지?"

"…이, 이런 햇병아리가?"

"후후, 정말 정신을 놓아버렸군. 좋아, 그렇게 나온다 이거지?"

김진태는 자신의 말에 오히려 더욱 길길이 날뛰는 그를 바라보며 뭔가 일이 잘못되어 간다는 것을 느꼈다.

'이런 제기랄.'

항상 자신이 특별 계층이라고 생각하던 김진태는 오늘 그 생각이 뒤엎어졌다.

이곳 대검에선 그의 직위도 아무런 소용이 없었던 것이다.

그는 가끔 검찰청 고위관료들과 결탁하여 꼼수를 부리는 경우가 있긴 했지만 이번에는 달랐다.

대검찰청 중앙수사부가 검사장의 지시를 받아 직접 움직이기로 했기 때문이다.

성역 없는 수사로 유명한 대검찰청 중수부가 직접 칼을 뽑아들었다는 것은 김진태에게 위기가 닥쳤다는 소리와 같았다.

일단 중수부가 나섰다는 것부터가 이미 국민의 이목을 집중시키기 좋았으니 대검은 오늘 김진태를 요절내기 위해 칼을 갈고 있을 것이다.

안 그래도 검찰의 봐주기 식 수사와 기득권층 특혜 의혹이 번져가는 이 시국에 국회의원이 검찰에 들어왔으니 그들은 검찰의 입지를 강화하기 위해 노력할 것이다.

대한민국 검찰 조직의 이름을 다시 세우기 위한 첫 번째 재물로 김진태라니, 그들은 대어를 낚은 셈이었다.

이세철 검사는 전화를 꺼내 들어 중수부장에게 전화를 걸었다.

"부장님, 이세철입니다."

─그래, 이 검사.

"지금 피고인이 도착했는데 상태가 영 안 좋은데요?"

─상태가 안 좋다고?

이세철이 구구절절 김진태에 대해 말해주자 석동율이 버럭 소리를 질렀다.

─이런 병신새끼들을 보았나? 대검 안에서 그런 개쪽을 당해? 아주 죽고 싶어 환장했지?

"아닙니다! 죄송합니다! 아주 악 소리가 날 때까지 족치겠습니다!"

─다시 한번 그런 쪽팔린 소리를 해대면 아주 면상을 확 갈아엎을 줄 알아! 알겠어?!

"예, 알겠습니다!"

─그리고 그 김진태 씨는 아주 제대로 털어드려. 현직 국회의원이라고 해서 신사답게 대해 드리려고 했더니 아직 정신을 못 차린 모양이야.

"물론입니다. 아주 아가리에서 똥내가 날 때까지 탈탈 털겠습니다."

—당연하지. 그러라고 검사들이 있는 것 아니야? 그놈 털어서 정보가 나오는 대로 곧바로 보고서 올려. 네 선배들에게도 똑똑히 전해라.

"예!"

일부러 스피커폰으로 전화를 받은 이세철이 씨익 미소를 지었다.

"후후, 어때? 이제야 좀 정신이 드시나?"

"……"

"지금까지 사회에서 어떻게 살아오셨는지 몰라도 이제부터는 마음가짐을 좀 고쳐야 할 겁니다. 이 안에 있는 사람들은 독종에 싸가지도 없거든요. 물론 감옥에 가면 우리보다 백배는 독한 개새끼들이 판을 칠 테니 준비운동 한다고 생각하시든가."

김진태는 자신의 상황이 많이 불리하다는 것을 깨달았다.

'증거가 너무 많이 나왔다. 검찰이 이 정도로 자신만만해하는 꼴이……'

그는 더 이상 자신이 설 수 있는 자리가 없겠다고 생각했다.

*   *   *

대검찰청은 조사를 마치고 김진태를 법정으로 넘겼다.

제1차 공판이 시작되는 날, 서울 대법원으로 대한민국의 모든 언론사가 모여들었다.

찰칵, 찰칵!

카메라 세례를 퍼붓는 기자들과 그 세례를 받는 사람이 대치해 있다.

기자들은 이번 사건의 담당 검사인 심청수에게 질문을 퍼부었다.

"대검에서 아주 칼을 갈고 현직 국회의원을 쳐낸 것에 대하여 말이 많습니다! 청와대의 국회 부수기라는 말도 있던데, 어떻게 생각하십니까?!"

"저는 정치에 대해선 잘 모릅니다. 그냥 법 말고는 아는 것이 별로 없는 사람이라서 그렇습니다. 하지만 한 가지 확실한 것은 죄를 지은 사람은 벌을 받아야 한다는 겁니다. 그래서 사법권이 있는 것이고 우리 검찰이 존재하는 겁니다. 우리는 경찰이 열심히 조사한 사안들을 바탕으로 철저히 사건의 진실을 규명하였습니다. 그리고 그 조사가 끝났을 때쯤엔 검경의 고생이 빛을 발했지요."

"그럼 정치적 계산 없이 오로지 김진태 의원의 죄목만 가지고 심판한다는 겁니까?"

"다시 한번 말씀드리지만 저는 정치에 대해선 문외한입니다.

그러니 정치, 재계의 결탁 여부는 묻지 않으셨으면 좋겠습니다."

심청수의 단호하고 뚝심 있는 발언에 기자들이 더 많은 질문을 쏟아내려 마이크를 들이댔다.

하지만 이제 재판을 준비해야 할 시간이기에 그는 더 이상 이곳에 머무를 수 없었다.

"아무튼 나머지 사안에 대해선 추후 기자회견을 통해서 다시 말씀드리겠습니다."

"자, 잠깐만요! 검사님, 기다려 주세요!"

찰칵, 찰칵!

차기 중수부장으로 거론되는 심청수의 이런 행보는 기자들에게 있어서 절대 포기할 수 없는 먹잇감이었다.

한번 물면 절대로 놓지 않는 심청수의 이빨이 과연 어디까지 들어갈지 지켜보고 싶은 것이다.

심청수가 법원으로 들어갈 무렵, 증인들 역시 법정으로 향하고 있다.

기자들이 카미엘과 그 일행에게 달려왔다.

"저기 있다! 김두이 씨! 한 말씀만 부탁드립니다!"

찰칵, 찰칵!

엄청난 양의 플래시 세례에 눈살을 찌푸리던 카미엘이 이내 기자들에게 짧고 간결하게 말했다.

"할 말은 법정에서 하겠습니다."

"자, 잠깐만요! 이대로 들어가시면 어쩝니까?! 한 말씀만 해주세요!"

이미 카미엘은 자취를 감추었고, 기자들은 허탈한 표정으로 그를 바라보았다.

법정으로 들어가는 길, 카미엘과 만난 심청수가 살며시 고개를 숙였다.

"잘 부탁드립니다."

"저야말로."

두 사람은 이미 김진태를 감옥으로 넣을 수 있는 모든 수단을 기용하였다.

만약 김진태를 따르는 극성 세력이 있어서 법정을 폭파시키지 않는 이상 그는 구속될 것이다.

카미엘은 의연한 표정으로 법원 안으로 들어갔다.

*　　　　*　　　　*

재판이 시작되고 검사의 피고인 심문이 진행되었다.

심청수는 이미 경찰에서 제시한 증거들을 토대로 그를 심문하였다.

"보시는 바와 같이 피고인이 비자금으로 빼돌린 50억을 만들어낸 정황과 그것을 빼돌려 살인 청부업자들에게 건넨 정황이 드러나 있습니다. 심지어 CCTV 화면에는 피고인의 얼굴이 고스란히 들어 있지요. 그뿐 아니라 자동차 블랙박스에도 당신의 얼굴이 들어 있어요. 그럼에도 불구하고 발뺌을 한다는 것은 법정을 모독하는 일이 아닐 수 없습니다."

그는 증거들을 그의 앞에 내밀며 말했다.

"자, 이래도 발뺌하실 겁니까? 비자금으로 만들어낸 50억을 가지고 김두이 씨를 살해하라고 지시한 적이 있지요?"

"…없습니다."

"살해하라고 지시한 적이 없다? 그럼 증인들이 거짓을 말하고 있다는 뜻이군요?"

"물론입니다."

"저희들이 제시한 증거를 가지고 온 증인들이 모두 거짓부렁을 말하고 있다……. 뭐, 그렇다면 새로운 증인을 데리고 오지요."

"……?"

"재판장님, 피고의 비서관인 한귀석 씨를 증인으로 신청합니다."

순간, 김진태의 표정이 와락 일그러진다.

판사는 고민할 것도 없이 한귀석을 새로운 증인으로 받았다.

"그럽시다. 증인, 나오세요."

잠시 후, 수척한 얼굴의 한귀석이 터덜터덜 걸어 법정에 섰다.

김진태는 도저히 믿을 수 없다는 표정으로 한귀석을 바라보았다.

"…저, 저놈이 어떻게?"

한귀석은 재판에서 위증을 하지 않겠다는 선서를 하고 증인석에 앉았다.

그의 등장으로 인해 김진태와 심청수의 표정이 완전히 따로 갈려 버렸다.

회심의 미소를 짓는 심청수와는 달리 김진태는 거의 그로기 상태에 빠졌다.

다른 사람은 몰라도 자신의 비자금을 관리하고 명령에 따라 돈을 전달하던 한귀석이 법정에 나왔다는 것은 엄청난 리스크였다.

심청수는 한귀석에게 단도직입적으로 물었다.

"증인, 증인은 피고에게 돈을 받아 살인 청부업자들에게 건넨 사실이 있습니까?"

"그렇습니다."

"그렇다면 그 돈은 어디서 난 것이죠?"

"김진태 의원이 가지고 있던 비자금 중에서 일부를 처분하여 마련한 겁니다."

"비자금이라……. 비자금이라면 최필용 씨와 박성광 씨 등이 운영하던 불법자금 관리업체에서 나온 돈을 말하는 겁니까?"

"예, 그렇습니다."

"그렇군요. 증인은 피고의 말에 따라 돈을 전달한 죄밖에 없는 거군요?"

"물론입니다."

"좋습니다. 그렇다면 당신이 돈을 받아 건넸다는 사실을 입증할 만한 증거가 있습니까?"

"있지요. 경찰에서 입수한 불법자금에 관련된 장부도 있고 블랙박스에 찍힌 영상도 있다고 들었습니다."

"으음, 그렇다면 피고인이 부인한 50억의 입금 지시 역시 당신의 자의에서 비롯된 것이 아니네요?"

"물론입니다."

"좋아요, 증인. 그럼 하나만 더 묻겠습니다. 50억을 입금하던 날 증인과 피고인은 낚시를 가던 도중이었나요?"

"아니요. 우리 둘 모두 낚시는 할 줄도 모릅니다. 심지어 피고인은 생선 알레르기가 있는 사람인데요?"

"아아, 그래요? 생선 알레르기가 있는데 낚시를 간다? 들은 대로 말이 좀 안 되는 것 같긴 하군요."

"더군다나 그날 제가 불려 나온 정황이 제 차량 블랙박스에 찍혀 있습니다."

"블랙박스요?"

"예, 그렇습니다."

그는 자신의 핸드폰에 담긴 영상을 검사에게 건넸다.

영상에는 그가 자가용을 타고 있을 무렵 핸즈프리로 전화를 받은 장면이 녹화되어 있었다.

자동차 블랙박스는 내부의 소리도 녹음을 하기 때문에 핸즈프리로 전화를 받으면 그 음성이 고스란히 녹음된다.

심청수는 핸드폰을 스피커에 연결하여 재생 버튼을 눌렀다.

그러자 김진태의 목소리가 먼저 들렸다.

―이런 멍청한 새끼야! 지금이 몇 시인 것이 중요해?! 제주도 사건은 물론이고 마영신도시, 유로화도로의 판을 엎은 그 새끼가 아직 살아 있다는 것이 문제지!

―죄송합니다! 지금 당장 가겠습니다!

―이런 머저리 같은 새끼, 당장 달려와서 입금해. 만약 조금이라도 늦으면 네놈과 나 모두 다 죽는다. 알겠어?

―예, 알겠습니다!

―병신 같은 놈, 팔푼이 같은 새끼 데려다 거두어 먹여주었더니 일을 저따위로 처리하다니……

잠시 부스럭거리는 소리가 나더니 또다시 대화가 시작되었다.

―저, 그런데 의원님, 50억을 현금으로 찾아서 입금하면 되는 겁니까?

―야, 이 병신아! 50억을 무슨 수로 다 찾아서 입금해?! 내가

다 손을 써두었으니 네놈이 플로이다에게 입금만 하면 된다고!
장철수가 계좌를 받아왔으니 네놈은 입금만 하라고! 무슨 말귀
를 그렇게도 못 알아들어?!

─아, 알겠습니다!

잠시 후, 영상이 끝나자 법정의 분위기가 180도 바뀌었다.

심청수는 득의에 찬 미소를 지었다.

"이상입니다."

"으음."

이렇게까지 정확한 증거가 나왔으니 김진태는 더 이상 발뺌
을 할 수 없을 것이다.

그는 더 이상 말을 잇지 못했다.

변호인단은 그에게 전략을 수정하자고 말을 건넸다.

"의원님, 아무래도 무죄는 힘들겠습니다. 형량을 줄일 수 있
는 방법에 대해 강구하시죠."

"……"

그는 아무런 말 없이 가만히 앉아 바닥만 쳐다보고 있었다.

＊　　　　＊　　　　＊

김진태가 살인 교사로 징역 15년을 선고받고 추가 조사가 이
뤄지고 있을 무렵, 신탄진에 모여든 몬스터 군단이 자취를 감추

었다.

마치 썰물이 빠지듯 도시를 빠져나가 더 이상 그 모습을 찾아볼 수 없게 된 것이다.

팬텀들은 결국 놈들을 소환한 수장이 누구인지 알아내지 못하고 돌아설 수밖에 없었다.

솔로몬은 CCTV를 통하여 몬스터들이 이동한 정황을 파악하였다.

화면에는 엄청난 양의 몬스터가 일제히 강을 타고 이동하여 사라진 것이 나와 있었다.

카미엘과 솔로몬은 서로 의견을 나누었다.

"아무래도 저놈들을 지휘하는 흑막이 저 근방을 잘 알고 있는 것 같습니다. 철저한 조사를 통하여 애초에 신탄진 지역을 장악할 생각을 하고 있던 것이지요."

"내 생각도 그러네. 하지만 말이야, 도대체 무엇 때문에 저렇게 미친 듯이 병력을 모아놓은 것이지? 단순히 소환을 위함이라면 지금도 충분하지 않은가?"

"아마 조금 더 강력한 DNA가 필요했겠지요. 카트리나는 거의 무한대에 가까운 DNA를 가지고 있습니다. 그녀를 잡으면 저놈들은 훨씬 더 강력한 힘을 갖게 되는 겁니다."

"으음, 그렇군."

"아무튼 간에 중요한 것은 카트리나를 안전하게 지키는 것입니다."

"잘 알고 있네. 지금 그녀를 수용해 줄 수 있는 재활원을 알아보는 중이야. 그녀의 재활 치료가 끝나면 우리가 그녀를 보호해 주면서 자유의지를 보장해 줄 생각이네."

"그렇군요."

카미엘은 카트리나와의 만남을 원하였다.

"지금 그녀는 어디에 있습니까?"

"안전 가옥에 머무는 중이네."

"그녀를 만날 수 있을까요?"

그는 고개를 저었다.

"그녀가 아직 만남을 거부하고 있어. 많이 심란한 모양이더라고."

"그렇군요."

"마음이 정리되는 대로 자네에게 연락을 주기로 했네."

"알겠습니다."

카미엘은 카트리나를 만나 조금 더 얘기를 나누고 싶었지만 그녀가 거부한다면 어쩔 수 없었다.

그는 그녀가 어서 빨리 기운을 차리기만을 바랄 뿐이었다.

제6장

오해

늦은 밤, 카미엘의 핸드폰이 울린다.

드르르르르륵!

아린과 아델을 데리고 잠들었던 카미엘은 조심스럽게 액정을
바라보았다.

액정에는 아름의 전화번호가 표시되어 있었다.

발신자 아름 씨

카미엘은 고개를 갸웃거리면서도 반갑게 전화를 받았다.

"네, 아름 씨. 이 늦은 밤에 어쩐 일이신가요? 좀처럼 밤에는
전화를 안 걸더니."

―그냥 생각이 좀 났어요.

"그래요? 이상하네요. 저도 요즘 아름 씨 생각으로 머리가 꽉 차 있는데 말이죠."

―그렇군요.

카미엘은 그녀의 목소리가 아주 미세하게 떨려오는 것을 느꼈다.

그는 아름이 걱정되었다.

"무슨 일 있어요? 목소리가 별로 안 좋은 것 같은데?"

―아니요, 그런 것은 아니고…….

"그래요? 하지만 확실히 목소리에 힘이 별로 없는데요."

그녀는 한동안 대답이 없었다.

카미엘은 고개를 갸웃거렸다.

"아름 씨?"

―…혹시 지금 나올 수 있어요?

"지금이요?"

―리나 씨에게 아이들을 부탁하고 나올 수 있으면 좋겠는데…….

카미엘이 난감한 표정을 짓고 있을 무렵, 구석에서 자고 있던 리나가 일어났다.

"다녀와. 가끔 번식 활동을 해야 하는 것은 순리야."

"버, 번식이라니? 그런 것 아니야."

"아무튼 다녀와. 매번 신세를 지는 사람이잖아."

그는 리나의 입에서 신세라는 말이 나오자 의외라는 생각이 들면서도 한편으론 가슴이 뿌듯해졌다.

처음 이곳에 왔을 때엔 사람들이 살아가는 방법에 익숙하지 못해서 시행착오를 겪던 그녀가 이제는 신세를 지고 갚는 것까지 알게 된 것이다.

"제법이구나. 이제는 제법 사람다워."

"나도 엄연히 사람이거든? 아무튼 간에 그녀가 기다려. 어서 나가봐."

"고맙다."

카미엘은 그녀에게 당장 답을 주었다.

"지금 나가겠습니다. 어디세요? 제가 갈게요."

─시내에 있어요. 술을 마셔야 할 것 같으니 차는 가지고 오지 마세요.

"술이요?"

─안 되나요?

"아, 아니요. 그런 것은 아닙니다. 술이라면 얼마든지 좋지요."

─그래요. 상희네 포장마차에서 기다릴게요.

"잘 알겠습니다."

카미엘은 당장 택시를 불러 삼척 시가지로 향했다.

삼척 시가지의 술집들은 밤이 깊으면 대부분 문을 일찍 닫기 때문에 늦게까지 술을 마실 수 있는 곳은 그리 많지 않았다.

그런 삼척에서 거의 유일하게 새벽 늦게까지 문을 여는 상희네 포장마차는 젊은 사람들은 물론이고 중년들에게도 인기 만점이었다.

카미엘이 술집의 문을 열고 들어서자마자 상희네 포장마차 주인 이상희가 그를 반갑게 맞았다.

"어이, 둥이네! 요즘 어떻게 지내? 바빠서 얼굴 보기가 힘들어."

"누님, 조금 바빴습니다. 하지만 이번 일만 마무리되면 횟집 아르바이트하고 할복장에도 나갈 생각입니다. 요즘 봄철이라서 일손이 부족하잖아요."

"그래. 둥이네 실력이면 우리가 한결 수월하지."

상희는 카미엘과 함께 할복장에서 일하면서 서로 정을 쌓은 사이이기 때문에 어쩌면 동네 친한 누나, 동생 같은 사이라고 할 수 있었다.

그녀는 카미엘을 아름에게로 안내했다.

"이쪽이야. 안으로 들어가자고."

"네, 누님."

상희는 카미엘을 안으로 안내하면서 그의 옆구리를 꽉 꼬집었다.

꽈득!

"어, 어?"

"왜 여자를 울리고 그래?"

"무슨 말씀이신가요? 제가 여자를 울리다니요?"

"아름 처녀 말이야. 둥이네 때문에 우는 것 같아. 여자가 남자 때문에 울 때의 분위기를 여자가 모를 수가 없지."

카미엘은 순간 머리가 복잡해졌다.

'뭐지? 내가 뭘 잘못한 것일까?'

아무리 생각해 봐도 그녀에게 잘못을 한 기억이 없는데 왜 그녀가 우는 것인지 도통 이해가 가지 않는 카미엘이다.

하지만 상희의 촉이 정확하니 아주 없는 말은 아닐 터였다.

카미엘은 조금 심란한 마음으로 아름이 홀로 앉아서 술을 마시는 곳으로 향했다.

꿀꺽!

그녀는 잘 마시지도 못하는 술을 연거푸 마셔대고 있었다.

"아름 씨?"

"…왔어요?"

"왜 이렇게 많이 마셨어요? 소주가 벌써 네 병이나 되는데?"

"나도 술 잘 마셔요. 당신이 몰라서 그렇지."

카미엘은 그녀의 주량이 어떻게 되는지 아주 잘 알고 있었다.

물론 취할 때까지 마시는 스타일이 아니라서 주사는 없었지만 이렇게 많이 마시는 경우는 처음 보는 카미엘이다.

그는 걱정스러운 표정으로 아름을 바라보았다.

"무슨 일이에요? 아까부터 분위기가 심상치 않은 것 같던데."

"그래 보였어요?"

"네, 아주요."

그녀는 카미엘을 가만히 바라보다가 이내 눈시울을 붉혔다.

"정말 몰라요?"

"뭐, 뭘요?"

"내가 왜 이러는지."

카미엘은 도통 이해를 할 수가 없었다.

그는 가만히 그녀를 바라보다가 이내 손을 뻗어 그녀의 눈가에 흐르는 눈물을 닦아주었다.

도대체 왜 우는지 알 수는 없지만 그녀가 우는 모습을 보니 기분이 썩 좋지 않은 것이다.

"도대체 무슨 일이에요? 내가 알아듣게 설명을 좀 해줘요."

"…얼마 전에 당신이 다른 여자와 있는 것을 봤대요."

"여, 여자? 어떤 여자요?"

"그건 나도 모르죠."

그는 뭔가 깊은 오해가 있을 것이라고 생각했다.

"뭔가 오해가……"

아름은 고개를 저었다.

"아니에요. 남자가 여자를 만날 수도 있죠. 우리는 아직 연인도 아닌데."

"아니, 그게 아니고……"

그녀는 눈물을 주룩주룩 쏟아내며 말했다.

"맞아요. 우리는 연인이 아니죠. 그래서 당신이 누구를 만나서 뭘 하든 상관할 바는 아니에요. 그런데 내가 너무 가슴이 아프네요. 당신을 질투하는 내가 밉기도 하고. 그래서 울었어요."

카미엘은 그녀의 손을 꼭 잡았다.

"뭔가 오해가 있어요. 먼저 그 오해를 풀고 얘기하자고요."

그는 사건의 발단이 어디서부터 시작되었는지 알아보기로 했다.

"누가 그런 말을 했나요?"

"희나 씨가 당신이 레스토랑 앞에서 어떤 여자와 다정히 안고 있는 것을 보았대요."

순간, 카미엘은 어떠한 장면이 하나 스쳐 지나감을 느꼈다.

그는 얼마 전에 억지로 나간 소개팅을 떠올렸다.

"아아, 그거?"

"…뭔데요?"

"그게 어떻게 된 것이냐면……"

카미엘은 그녀에게 청년회장의 계략에 의해 어쩔 수 없이 만난 여자에 대해 설명하였다.

그러자 그녀가 얼굴을 붉히며 고개를 푹 숙였다.

"그, 그런 사연이……."

"내가 아주 그 형님 때문에 죽겠습니다. 사람들이 나를 어떻게 생각했을까?"

"그러게요."

그는 소주잔을 잡았다.

"한 잔 따라줘요."

"그래요."

아름이 따른 술을 받자마자 카미엘은 그것을 쭉 마셔 버렸다.

꿀꺽!

"크흐, 좋네. 몇 잔 더 마셔도 되죠?"

"물론이죠."

그는 상희에게 술을 주문하였다.

"누님, 여기 소주 두 병하고 500CC 잔 하나 주세요!"

"알겠어!"

상희는 술을 갖다 주면서 슬며시 테이블의 분위기를 살폈다.

이미 풀린 분위기 탓에 테이블의 공기는 이미 달라져 있었다.

"오호, 벌써 다 푼 거야?"

"풀고 말고 할 것도 없습니다. 오해가 좀 있었습니다."

"그럼 다행이고."

그는 소주병을 모두 따서 맥주잔에 부었다.

쪼르르르르!

"술을 마실 것이라면 같이 취해야지. 혼자 취하면 무슨 재미입니까? 안 그래요?"

"아……!"

카미엘은 그대로 소주 한 병이 넘는 양을 들이켜 버렸다.

벌컥벌컥!

"으흐, 쓰다! 한 병 더!"

그는 연거푸 세 병을 마신 후 올라오는 술 냄새를 억지로 삼키며 말했다.

"후우, 이제 그럼 오해는 다 풀린 겁니다?"

"그래요. 오해랄 것도 없네요."

"자, 그럼 처음부터 다시 시작할까요?"

카미엘은 상희에게 술을 주문하여 반병쯤 더 마셨다.

＊   ＊   ＊

술자리는 30분 만에 끝나고 두 사람은 시가지 한구석에 있는 패스트푸트점으로 자리를 옮겼다.

해장에 느끼한 음식이 좋다는 말을 들었기 때문이다.

모짜렐라치즈에 아메리카치즈까지 듬뿍 들어간 햄버거를 시킨 카미엘이 그녀에게 먹을 것을 권하였다.

"드세요. 해장에 좋대요."

"살찔 것 같은데……."

"하하, 그래도 예쁘니까 먹어요."

그녀는 살며시 얼굴을 붉히며 햄버거를 잡았다.

"…그럼 좀 먹을까요?"

"많이 먹어요."

카미엘은 크게 입을 벌려 햄버거를 씹어 삼켰다.

우적!

"으음, 좋군. 왜 해장을 햄버거로 하는지 알 것 같네요."

"그러게요. 속이 좀 풀리는 것 같아요."

그는 햄버거를 먹는 아름에게 물었다.

"앞으론 이런 일이 없겠죠?"

"네?"

"오해가 풀렸으니 다신 나 때문에 울 일이 없을 것 아닙니까?"

"그거야 모르죠. 사람의 앞일은 모르는 것이니까요."

카미엘은 뒤통수를 긁적이며 말했다.

"뭐, 그럼 앞으로 이런 일이 발생하지 않도록 도장을 콱 찍어

줘요."

"도장이요?"

"나를 간섭할 수 있는 사람이 되면 이런 일이 없을 것 아닙니까?"

그녀는 눈을 동그랗게 떴다.

이것은 카미엘이 기습적으로 그녀에게 자신의 마음을 고백하고 교제를 제안한 것이기 때문이다.

카미엘의 제안을 받아 기분이 좋기는 했지만 한편으론 씁쓸함을 느끼는 그녀이다.

"기분이 좋네요. 당신이 나에게 사귀자는 말을 해주다니."

"다행이네요. 싫어하면 어쩌나 고민했거든요."

그녀는 고개를 저었다.

"아니요, 그렇지 않아요. 안 그래도 저 역시 언제까지 당신을 바라만 봐야 하나 고민했어요. 그런데 먼저 이렇게 고백을 해오니 조금 당황스러우면서도 기뻐요."

"그렇군요."

아름은 카미엘에게 자신의 과거에 대해 털어놓기로 했다.

"출발하는 마당에 이런 소리를 하는 것은 좋지 않지만 그래도 얘기할게요. 저, 이혼한 경력이 있는 여자예요. 그것도 아주 나쁜 남자에게 잘못 걸려서 상처를 많이 받았죠."

"이혼을 했다는 것은 알고 있습니다."

"제가 상처가 많아서 당신을 많이 질투하고 구속할지도 몰라요. 그래도 괜찮겠어요?"

"적당한 집착은 언제든 환영입니다. 그리고 당신이라면 아예 족쇄를 차고 다녀도 좋아요."

"헷, 그렇다면 다행이네요."

수줍게 웃는 그녀의 모습에 카미엘은 좀처럼 느낄 수 없던 두근거림을 느꼈다.

"귀엽네요."

"네, 네?"

"웃는 모습이 귀여워요. 예전부터 생각한 것이지만 당신은 참 사람의 가슴을 쥐어흔드는 능력이 있네요."

"아이 참……."

카미엘의 고백이 있고 나서 두 사람은 사이가 급격하게 가까워지고 있었다.

그는 자신의 허물 역시 털어놓기로 했다.

"나 역시 과거가 있어요. 한 여자를 품었지만 책임지지 못했습니다. 그리고 그 과오로 인하여 아들과 며느리, 그녀까지 다 죽어버렸지요."

"어머나!"

"지금은 쌍둥이 손자 손녀를 얻어서 그나마 행복하게 살고 있습니다만, 가슴속 한구석엔 그들에 대한 미안함이 자리 잡고 있습니다. 이 상처가 치유될 수 있을지는 모르겠어요. 하지만 당신과 함께라면 감히 이해를 구하고 새로 출발하고 싶네요."

"그런 말씀을 해주셔서 고마워요."

카미엘은 곧바로 또 한 여자에 대해 말했다.

"그리고……"

"또, 또 있어요? 혹시 첩이……."

"아니요. 첩은 아니고 예전에 잠깐 만난 여자가 앞에 나타났습니다. 지금은 그저 좋은 친구가 되었지만 당신에겐 다 말을 해야 할 것 같아서요."

"그렇군요. 지금 그녀는 어디에 있어요?"

"요양 시설에서 재활 훈련을 받고 있습니다. 치료가 끝나면 어디론가 떠나겠지요."

"그래요."

카미엘은 자신의 과거가 그녀에게 상처를 줄 수도 있겠다 싶었다.

"미안해요. 과거가 깔끔하지 못해서."

"아니요. 이 세상에 사연 없는 사람은 없어요. 저야 스무 살 어린 나이에 결혼해서 일찍 이혼한 터라 남자를 안 만나 다른 과거는 없지만 당신은 충분히 멋진 남자잖아요. 서른이 훌쩍 넘어서 여자 몇 명 없었다면 그게 더 이상한 일이죠. 만약 당신이 내가 첫 여자라고 했다면 오히려 의심이 커졌을 거예요. 하지만 속 시원히 털어놓아 주시니 오히려 기분이 좋아요."

"다행이군요."

둘 사이를 가로막고 있던 과거의 묵은 때가 벗겨지고 나니 저절로 사이가 더 좋아졌다.

그녀는 슬그머니 일어나 카미엘의 곁으로 다가갔다.

"…옆에 앉아보고 싶었어요."

"그래요? 나도 그랬는데."

"사실 하고 싶은 것이 많았어요. 제가 남자 경험이 없어서 거의 대부분을 드라마에서만 보았죠. 당신과 맺어지게 된다면 같이하고 싶은 것들이 많네요."

"좋아요. 힘이 닿는 한 같이해 보고 싶은 것들을 모조리 다 해봅시다."

"그래도 될까요? 우리 모두 과거가 있어서 사람들이……."

카미엘은 그녀의 손을 꼭 잡았다.

"남들의 시선은 상관없습니다. 앞으론 우리만 생각하기로 합시다."

"그래요. 아린이, 아델이에게도 좋은 할머니가 되도록 노력할게요."

"고맙습니다. 이런 홀할아비를 받아줘서."

"아니요. 이런 나를 받아주어 오히려 내가 더 고마워요."

두 사람의 눈동자에서 사랑의 불길이 일렁이는 것 같다.

카미엘과 그녀는 자리에서 일어섰다.

"그럼 자리를 옮겨볼까요?"

"그럴까요?"

"어디로 갈까요?"

그녀는 가장 먼저 해보고 싶은 것을 말했다.

"당신 집으로 가요."

"우리 집이요?"

"당신과 아이들, 그리고 리나 씨와 한 집에서 눈을 떠보고 싶었어요."

"하하, 그랬습니까?"

"조금 이른가요?"

카미엘은 고개를 저었다.

"아니요. 그게 뭐 어때서요? 이젠 눈치 볼 필요 없어요."

"고마워요."

두 사람은 손을 꼭 잡은 채 카미엘의 집으로 향했다.

*　　　*　　　*

다음 날, 카미엘의 집 밥상에 맛깔나는 음식이 구첩반상으로 차려져 있다.

리나는 맛있는 음식들을 앞에 두고서도 떨떠름한 표정을 지었다.

"이게 다 뭐야?"

"뭐긴, 먹을 것이지."

"그건 알아. 내가 장님도 아니고 그건 아주 잘 알지. 새벽에 나가서 만난 두 사람이 왜 아직까지 같이 있는지가 궁금한 거지."

아름이 얼굴을 붉히며 말했다.

"우리 이제 새롭게 시작하기로 했어요."

"시작하다니?"

"연인이 되었다는 뜻이죠."

리나가 오만상을 하며 말했다.

"이런, 내가 연인 사이에 끼어서 살게 되었군그래. 앞으론 좀 힘들겠는데?"

"제가 잘할게요. 그러니 좀 봐줘요."

그녀는 고개를 저었다.

"아니, 잘 봐달라니? 한 지붕 아래 살면서 새로운 사람이 들어오는 것이 불편하면 되겠어? 더군다나 선생은 워낙 사람이 좋아서 생활에 불편함은 없어. 그저 내 옆구리가 시릴 뿐이지."

"하하, 옆구리가 시리다고? 네가?"

카미엘이 기가 차서 웃으니 그녀가 가자미눈을 하고 그를 째려보았다.

"나도 생식기가 달린 사람이야. 양기 없이 음기만 있으면 허전하다고."

"험험, 생식기라니. 밥상머리에서 할 소리는 아닌 것 같군."

"그럼 더 자세히 말해줘? 기둥이 없는 동굴은 좀 허전하다고."

"…그만. 내가 졌다."

리나 덕분에 아름의 얼굴이 터질 듯이 붉어졌지만 밥상의 분위기는 그다지 나쁘지 않았다.

아델이 얼굴이 붉어진 아름를 만지작거리며 웃었다.

"꺄하!"

"아델이가 웃었네? 원래 아델이는 잘 웃지 않잖아요?"

"맞아요. 의외네. 아마도 당신을 좋아하는 모양입니다."

"호호, 기분이 좋네요. 보육시설에서도 그렇게 웃어주지 않더니 집에 오니 웃네요."

"아마 밥을 차려주는 사람이라고 이미 인식을 한 것인지도 모르겠네요. 원래 아이들은 밥 주는 사람을 좋아한다면서요."

"그렇긴 하죠."

"아무튼 잘되었습니다. 아델이가 마음을 열었으니 앞으로 더 수월해지겠네요."

"그러게요."

카미엘과 아름은 각각 아이들을 한 명씩 데리고 앉아 밥을 먹여주었다.

"자, 맘마!"

"아아!"

서로 아이들을 바라보며 사랑스럽게 밥을 떠주는 두 사람의 모습은 영락없는 부부였다.

리나는 아주 흡족해져 고개를 끄덕인다.

"으음, 이제야 좀 집이 집다워졌군."

"집다워지다니?"

"만날 시커먼 아저씨 한 명이 아이들 데리고 고군분투하는 것만 보다가 이렇게 버젓한 여자가 생기니 보기 좋다는 소리야."

"하하, 그런가?"

"아무튼 앞으로 이 집에 드나드는 것은 절대로 불편해하지 말았으면 좋겠어."

"그런 사려 깊은 생각을 해주다니, 너도 이젠 정말 다 컸구나."

"…원래 컸거든?"

아름은 리나의 손을 꼭 잡았다.

"고마워요. 나는 리나 씨가 나를 문전박대하면 어쩌나 했거든요."

"왜 문전박대를 해? 모두 다 같이 사는 마당에."

"정말 고마워요. 앞으로 맛있는 음식 더 많이 해줄게요."

"그래, 그것이면 되었어."

잠시 후, 리나가 자리에서 일어섰다.

"난 이만 학교에 가볼게. 두 사람이 알아서 아이들 데리고 보육시설에 갈 수 있지?"

"물론이죠."

"그럼 난 간다."

그녀는 아이들의 머리를 한 번씩 쓰다듬으며 일어섰다.

"이모는 이만 간다."

"까아!"

"바이, 바이!"

아이들은 이제 제법 말문이 트여 그녀의 말을 따라 하곤 했다.

"빠, 빠!"

"옳지! 올 때 과자 사 올게!"

교복을 입고 헐레벌떡 뛰어가는 그녀를 바라보는 카미엘과 아름의 눈에 뿌듯함이 서렸다.

"이젠 정말 완벽하게 적응한 것 같네요."

"그러게 말입니다. 걱정한 것보다 훨씬 더 잘 살아서 다행입니다."

카미엘은 그녀에게 잠시 아이들을 맡기기로 했다.

"아무튼 이제 슬슬 출발할 준비를 합시다. 제가 상을 치울 테니 아이들을 돌봐주시겠습니까?"

"그럼요. 얼마든지요."

두 사람은 힘을 합쳐 하루를 준비하기 시작했다.

*   *   *

한가로운 오후, 보육시설에서 아린과 아델이 하교할 시간이 되었다.

그녀는 자신의 퇴근 시간에 맞춰서 오겠다던 카미엘을 기다리고 있었다.

"꺄아!"

"할아버지가 곧 오신대. 너희들도 기다려지니?"

"헤헤!"

아름은 아이들을 보고 있노라면 모든 근심과 걱정이 사라지는 것을 느낀다.

만약 이런 아이들과 든든한 남편을 함께 가질 수 있다면 세상에서 가장 행복한 여자가 될 것 같음을 느꼈다.

그녀는 아이들과 함께 어울려 놀며 웃음꽃을 피웠다.

"즐겁게~ 춤을 추다가~ 그대로 멈춰라!"

"핫!"

"호호, 잘했어요!"

바로 그때, 카미엘이 문을 열고 들어섰다.

"아름 씨, 제가 좀 늦었죠?"

"아니요. 늦지 않았어요. 그리고 아이들과 노느라 시간 가는 줄 몰랐어요."

"다행이네요."

카미엘은 곧바로 두 아이를 들어 올리려 하였다. 그러자 그녀가 아델을 안아 들었다.

"이젠 함께."

"고마워요."

두 사람이 아이들을 데리고 나가는데 보육교사들이 웃으며 다가왔다.

"이젠 연인이 되었다면서요?"

"축하해요!"

"하하, 고맙습니다."

"그나저나 할아버지, 할머니가 이렇게 젊어서 어쩐데? 부모님 이라고 해도 믿겠어요."

그녀는 얼굴을 붉히면서도 웃으면서 말했다.

"그럼 좋죠."

"이야, 대담한데요?"

"사실이니까요."

두 사람은 보육교사들에게 깊이 고개를 숙였다.

"그럼 저희들은 이만 가볼게요."

"네, 들어가세요!"

아이들을 데리고 나온 카미엘은 미리 예열이 되어 있는 차에 세 사람을 태웠다.

평소에는 아이들과 자신 혼자서만 타고 다니던 차에 그녀가 오르니 뭔가 꽉 찬 느낌이 들었다.

카미엘은 자신의 뒤가 어쩐지 든든하다고 느꼈다.

'이게 바로 남자의 행복이라는 건가?'

핸들을 잡은 그의 얼굴에 미소가 피어오르자 아이들의 얼굴에도 웃음꽃이 피었다.

물론 아이들을 돌보는 그녀의 얼굴에도 같은 미소가 걸렸다.

"개울가에~ 올챙이 한 마리~ 꼬물꼬물 헤엄치다~ 뒷다리가 쏙~ 앞다리가 쏙~ 팔딱팔딱 개구리 됐네!"

"꺄하하!"

그들이 즐거우니 카미엘도 즐겁고 웃음이 피니 행복도 더 깊어졌다.

카미엘은 이대로 자리를 옮겨 횟집으로 향했다.

"오늘 회나 한 접시 먹고 갈까요? 안 그래도 사장님이 우리 보고 싶다고 하셨거든요."

"좋죠. 그럼 리나 씨에게도 횟집으로 오라고 전할게요."

"그래주세요."

그는 세 사람을 데리고 자신의 일터이던 횟집으로 향했다.

*   *   *

이른 저녁이지만 횟집에는 사람이 가득했다.

웅성웅성!

횟집 사장은 손님으로 온 카미엘에게 감성돔과 농어 등을 갖다 주었다.

"많이 먹게!"

"이야, 이게 다 뭡니까? 우리는 그냥 모둠회 한 접시 시켰을 뿐인데요."

"자네가 왔는데 그런 미적지근한 상을 차릴 수가 있나? 낙지와 전복 등도 가져다 줄 테니까 배 터지도록 먹으라고."

"고맙습니다!"

"술은 안 필요하나?"

리나는 카미엘에게 술을 권했다.

"아이들은 내가 책임질 테니까 둘이 한잔해. 어차피 난 못 마시잖아."

"그래도 되나?"

"불편해할 필요 없다니까 그러네."

"그럼 염치 불고하고 한잔 마시지, 뭐."

카미엘은 술집에서 파는 가장 귀한 술인 안동소주를 개봉해서 아름에게 건넸다.

"한잔할까요?"

"그럼 그럴까요?"

두 사람은 살뜰하게 서로의 잔을 채우고 그것을 단숨에 삼켰다.

꿀꺽!

"크흐, 좋다!"

"하루의 피로가 다 풀리는 것 같네요."

"그러게 말입니다."

리나는 쌍둥이와 함께 앉아 쫀득한 회를 맛보며 행복감에 젖어 들었다.

"으음, 그래! 바로 이 맛이지!"

"꺄하! 으으음!"

이제 막 이가 나기 시작한 나이이지만 쌍둥이의 발육은 상식을 뛰어넘었다.

두 돌이 막 지난 시기임에도 불구하고 회를 즐기는 유아라니, 지나가는 사람들이 보고 한마디씩 건네며 웃는다.

"하하, 아이들이 뭘 좀 아는군!"

"두이, 자네 복받았어. 그런 엄청난 아이들을 얻었다니 말이야."

"감사합니다."

"으음, 그것도 그것이지만 좋은 색시를 얻었으니 그게 가장 기쁜 일 아닌가?"

"그러게 말입니다."

"앞으로 잘 살아. 우리가 지켜보고 있어."

"물론이지요."

카미엘과 아름은 서로를 바라보며 다시 한 번 사랑의 맹세를 되새겼다.

제7장

여행을 떠나요

삼일절과 맞물린 목, 금, 토, 일의 황금연휴가 도래하였다.

정부에서 시행하는 징검다리 휴무제도로 인하여 삼일절인 목요일과 토요일 사이의 금요일이 휴일이 되고 4일 모두 통으로 빨간 날이 되었다.

카미엘은 이 기회에 아이들을 데리고 여행을 떠나기로 했다.

이른 아침부터 카미엘의 집을 찾아온 아름은 여행 가방을 차에 싣고 쌍둥이의 짐까지 아주 알뜰살뜰하게 챙겼다.

그녀는 오히려 카미엘보다 아이들에게 필요한 것이 무엇인지 잘 알고 있었기 때문에 짐을 싸는 손길이 아주 야무졌다.

기저귀와 비상용 두유, 물티슈, 여벌의 옷, 이불까지 모두 챙긴 그녀는 카미엘과 리나의 짐까지 챙겼다.

카미엘은 차를 점검하고 리나는 어제 마트에서 사다놓은 먹을거리를 아이스박스에 담았다.

이렇게 업무를 분담하니 여행 준비랄 것도 없었다.

그는 마도 기계들에게 동물들의 밥을 챙길 것을 지시하였다.

"애들을 굶기면 안 된다."

끼릭, 끼릭!

척!

충성의 표시로 카미엘에게 작은 손을 들어 올린 소형 로봇들이 사료 통을 들고 다니면서 벌써 가축들의 밥을 챙기기 시작했다.

그는 안심하고 돌아서서 차에 시동을 걸었다.

부르르르릉!

카미엘은 핸드폰에 블루투스를 연결하여 음악을 틀었다.

—여행을 떠나자~ 푸른 바다로~

흥겨운 음악소리가 들리자마자 아이들이 엉덩이를 씰룩이며 춤을 추었다.

"캬하, 꺄하!"

"역시 끼가 있어. 나중에 커서 뭔가 되어도 되겠는데?"

"그러게 말이에요."

아름은 춤을 추는 아이들의 앞에 서서 손뼉을 치며 어깨춤을 추었다.

"잘한다! 잘한다!"

"꺄르르르!"

아이들의 기분이 좋은 것을 보니 이번 여행은 아주 수월할 것 같았다.

카미엘은 웃으며 외쳤다.

"자, 그럼 출발!"

다섯 가족을 태운 자동차가 울산으로 향했다.

*　　　　*　　　　*

울산에는 세계 최대 규모의 동물원과 아쿠아리움이 들어서서 수많은 관광객을 동원하고 있었다.

카미엘은 업무 중간에 동물원의 위치를 파악해 두었다가 가족을 데리고 여행을 온 것이다.

그는 동물원 주차장에 차를 대놓고 곧장 방사장으로 향했다.

방사장에는 패릿 같은 작은 동물부터 코끼리와 같은 초대형 동물들까지 한 번에 관람할 수 있는 시설이 갖추어져 있었다.

쌍둥이는 가장 먼저 장성한 사막여우와 교감을 가졌다.

"헥헥!"

"꺄하하하하!"

요즘은 몬스터 코어를 고도로 정제하여 소독제를 만들기 때문에 동물들의 건강을 염려할 필요가 없었다.

더군다나 스트레스를 조절하는 음파 장치까지 마련되어 방사장에서의 만남이 동물들에게 피해를 주지 않았다.

귀엽고 붙임성이 좋은 사막여우들에게 둘러싸인 쌍둥이는 마음껏 웃고 떠들면서 시간을 보냈다.

리나는 멀리서 아이들을 지켜보고 서 있었고, 아름은 여우들을 만지고 놀며 좋은 시간을 가졌다.

바로 그때, 방사장 구석에 있던 암컷 여우가 날카롭게 돌변하여 소리를 질렀다.

그르르르르릉!

순간, 사육사들이 긴장하며 대피령을 내렸다.

"어, 어어!"

"모두 피하십시오! 동물이 돌발 행동을 보이면 위험합니다!"

여우는 자신과 가장 가까이 있는 아름에게로 돌진하기 시작했다.

사사사사삭!

순간, 카미엘은 여우를 제지하기 위해 나섰다.

"어딜!"

하지만 그녀는 카미엘을 만류하였다.

"아니요, 잠깐만요!"

그녀는 달려드는 여우에게 손을 뻗었다.

그러자 여우가 그녀의 손을 꽉 물어버렸다.

꽈득!

"으윽!"

"허, 허억!"

사육사들은 안전에 문제가 생기면 곤란하기 때문에 표정이 딱딱하게 굳어버렸다.

그렇지만 그녀는 아무렇지도 않다는 듯이 여우를 달랬다.

"착하지. 그만 놓으렴."

그러자 신기하게도 여우가 손을 놓고 그녀의 눈치를 보기 시작했다.

아름은 여우를 쓰다듬으며 교감을 시도했다.

"왜 그러니? 갑자기 왜 사람들을 향해 화를 낸 거야?"

끄으응.

여우의 눈동자를 가만히 바라보던 그녀는 순간 고개를 돌려 사육사들이 안고 있는 새끼를 바라보았다.

총 두 마리의 새끼는 사육사들의 손에 안겨 우유를 마시고 있는 중이다.

그녀는 여우와의 교감에서 금세 문제점을 찾아냈다.

"자기가 낳은 아이들을 사육사들이 데리고 가서 서운하대요."

"서, 서운하다고요?"

"원래 이 여우는 몸이 약해서 모유가 나오지 않았고 그로 인해 새끼들을 다른 방사장으로 보낼 수밖에 없었어요. 평소에는 별 생각이 들지 않다가 단란한 가족들을 보니 마음이 심란해진 것이죠. 사람들은 행복하지만 정작 행복을 주는 자신은 불행하니 마음이 좋지 않은 것이에요."

아름의 말대로 사육사들은 새끼를 어미의 곁으로 데리고 왔다.

그러자 어미가 눈물을 흘리며 새끼들을 정성스럽게 핥기 시작했다.

꾸르르르.

끄으으응.

애절한 어미의 눈동자를 바라보는 사육사들과 관람객들은 감동과 미안함의 눈물을 흘렸다.

"…우리 인간이 무슨 짓을 한 거지?"

"어서 방사장에서 나갑시다. 여우들도 가족이 있고 자식이 있는데 우리가 너무 좋은 기분에 취해서 안일하게 군 것 같아요."

"그러게 말입니다."

사육사들은 어미의 우리에 새끼들을 같이 들여보내기로 결정했다.

애초에 어미에게서 새끼를 떼어놓는 것 자체가 엄청난 스트레스였다는 것을 그제야 깨달은 것이다.

모성애, 그 따뜻함을 느낀 관람객들은 방사장을 폐쇄해야 한다고 말했다.

"가족은 가족과 함께 있을 때 행복한 법이죠. 앞으론 이런 시설을 마련하지 말았으면 좋겠네요."

"맞아요."

소식을 듣고 달려온 동물원 관계자들이 머리를 숙여 사죄하였다.

"죄송합니다. 저희들은 어미 여우의 스트레스 지수가 정상이라 너무 안일하게 생각했습니다. 앞으론 동물 가족이 떨어져 스트레스를 받지 않도록 노력하겠습니다."

"제발 그래주세요."

관계자들은 아름에게 다가와 감사를 표하였다.

"감사합니다. 만약 사모님이 아니었다면 지금쯤 여우는 스트레스를 받아 어떻게 되었을지 모릅니다."

"아니에요. 그냥 마음을 헤아린 것뿐인데요."

"그렇다곤 해도 동물과 이렇게 가깝게 소통할 수 있는 것은 드문 일입니다. 기계도 잡아내지 못한 것을 잡아내는 것은 전문가도 할 수 없는 일이거든요."

"그런가요?"

"저희들이 어떤 방식으로든 사례하겠습니다. 혹시 숙소를 구하지 않으셨다면 동물원에서 운영하는 테마호텔의 숙박권을 드리고 식사를 해결해 드리겠습니다. 받아주시죠."

"하지만 저는 한 것이 없는걸요."

"동물을 구해주신 것은 저희들로선 너무나도 감사한 일입니다. 생명의 은인이시니 부디 거절하지 말아주십시오."

그녀는 관계자들의 간청에 기분 좋게 제안을 받아들였다.

"그래요. 그럼 감사히 받을게요."

"감사합니다. 그럼 지금 당장 조치를 취해놓을 테니 마저 관람을 즐기시고 호텔로 와주십시오. 일정에 맞춰서 방을 준비해 놓겠습니다."

"고마워요."

덕분에 방을 얻게 된 카미엘은 기분이 얼떨떨했다.

얼빠진 표정이 된 카미엘에게 그녀가 웃으면서 말했다.

"가요. 갈 길이 멀어요."

"그럽시다."

그녀는 오늘 자신의 새로운 재능을 발견하게 되었다.

*　　　　　*　　　　　*

늦은 밤, 호텔 라운지에 앉은 카미엘과 아름은 둘만의 시간을 보내고 있었다.

이미 쌍둥이와 리나는 잠에 빠져 있기 때문에 그들은 한적하게 사랑을 속삭일 수 있게 된 것이다.

서로 손을 잡은 두 사람은 웃으며 얘기를 나누었다.

"대단한 능력이네요. 동물과의 교감이라니."

"하지만 저는 지금까지 이런 재능이 있는 줄 몰랐어요."

"그래요?"

잠시 후, 그녀에게로 황금색 리트리버가 다가왔다.

"헥헥!"

"어머나, 리트리버네?"

리트리버는 마치 자신의 주인을 만난 것처럼 그녀의 다리에 얼굴을 비비고 꼬리를 치며 반가움을 표시하였다.

바로 그때, 그녀의 뇌리로 마치 자막처럼 짧은 글귀가 스쳐 지나갔다.

그녀는 화들짝 놀라 말했다.

"어, 어라? 개가 무슨 생각을 하는지 알 것 같아요."

"개가 무슨 생각을 하는지 알겠다고요?"

"이 아이가 저에게 애교를 부리는 것은 배가 고프기 때문이에요. 주인이 깜빡하고 먹이를 주지 않고 잠에 빠져 버렸대요. 그래서 어쩔 수 없이 밖으로 먹을 것을 구하러 나온 것이죠."

"그, 그런 사연이 있습니까?"

잠시 후, 개의 주인이 달려왔다.

"쌈지야, 왜 돌아다니고 그래. 어서 돌아와."

개는 주인에게로 돌아갔지만 어쩐지 힘이 쭉 빠지는 느낌이다.

아름은 개의 주인에게 먹이를 줄 것을 권했다.

"개가 많이 배고파해요. 먹이를 좀 주시지요."

"먹이요?"

그제야 그녀는 화들짝 놀라며 시간을 계산하기 시작했다.

"어머나, 벌써 열 시간이나 먹을 것을 못 먹었네! 미안해, 쌈지야!"

"다행이네요. 지금이라도 서로의 마음을 알게 되어서요."

그녀는 지금 개가 무슨 생각을 하고 있는지 또다시 글귀를 통하여 알아내었다.

"엄마를 다시 만나서 좋대요."

"…쌈지야."

개의 주인은 감동하여 눈물을 글썽였다.

"미안해. 다시는 그러지 않을게. 그리고 사랑해."

아름은 이번에도 개의 생각을 대변해 주었다.

"울지 말았으면 한대요. 엄마가 슬프면 쌈지도 슬프거든요."

"아아, 미안해. 이젠 울지 않을게."

멍멍! 헥헥!

그녀는 아름에게 꾸벅 고개를 숙였다.

"감사합니다. 덕분에 이 아이와 더욱 가까워진 것 같아요."

"아니요. 그냥 쌈지가 무슨 생각을 하는지 조금 알 것 같았을 뿐인걸요."

"일이야 어찌 되었든 고마워요."

"그럼 들어가세요."

개와 주인이 돌아서자 카미엘은 조금 놀라서 그녀를 바라보았다.

아름은 어깨를 으쓱해 보였다.

"이런 일도 다 있네요."

"개의 생각이 머리를 스친다고요?"

"인간의 글귀로 전환되어서 다가온다고나 할까요? 그런 느낌이 드네요."

"아아, 그렇군요."

"아무튼 간에 신기한 일이 자꾸 일어나니 기분이 좀 묘한데요?"

"저도 그렇습니다."

그녀는 이제 자리에서 슬슬 일어나기로 했다.

"그럼 들어갈까요?"

"그럽시다."

두 사람은 손을 맞잡고 자리에서 일어나 객실로 향했다.

산들바람이 두 사람의 애정 전선을 축복하는 듯이 살랑살랑 불어왔다.

스스스스스.

그녀는 살며시 눈을 감았다.

"으음, 바람이 달콤하네요."

"그러게 말입니다. 당신과 함께 있다면 무엇이 달지 않겠습니까만, 그래도 오늘은 바람이 특히나 달콤하군요."

손을 맞잡은 두 사람, 이보다 더 행복할 수는 없었다.

두 사람이 손을 잡고 바람을 느끼고 있는 바로 그때였다.

끼이잉!

"으으윽!"

"아름 씨?!"

"머, 머리가 아파요."

"머리가?!"

그녀는 이내 의식을 잃고 쓰러졌다.

카미엘은 그녀를 들쳐 업고 근처 병원으로 향했다.

"아름 씨, 정신 차려봐요!"

정신을 잃은 아름을 업고 뛰던 카미엘은 순간적으로 자신의 등이 따뜻해졌다고 느꼈다.

그리고 잠시 후, 그녀가 다시 눈을 떴다.

"…카미엘 님?"

카미엘은 그 음색을 기억해 냈다.

벚꽃처럼 아름답고 꿀보다 달콤하던 그 음색, 그것은 바로 엘프의 여왕 엘레니아의 목소리였다.

*　　　*　　　*

아름은 이제 엘레니아의 기억과 능력을 각성하게 되었다.

겉모습은 원래의 아름에서 변하여 서서히 엘레니아의 그것을 닮아가고 있었다.

"앞으로 아름 씨에서 엘레니아 님으로 돌아가는 데 얼마나 걸릴까요?"

"길어봐야 일주일 정도?"

"으음."

"그 전에 주변을 정리하려 합니다. 인간으로서 살아온 지난날은 모두 잊고 새롭게 시작해야지요."

"당신을 기억하는 사람들이 많을 겁니다."

"알아요. 하지만 당신이 목숨을 걸고 나를 구해준 그 의미를 되찾아야지요."

"그럼 다시 아공간을 타고 떠나는 겁니까?"

"아직은 제 힘이 많이 모자라요. 이곳에서 세계수를 키워서 힘을 축적한 후에 떠나려고 합니다. 저는 엄연히 말해 이곳에선 이방인이잖아요."

"그건 그렇지요."

그녀는 카미엘에게 함께 떠날 것을 제안했다.

"당신도 함께 가요. 지구는 우리의 차원이 아니에요. 우리가 있을 곳은 아니라는 소리죠."

"압니다. 하지만 아직 여기에서 정리하지 못한 일이 있어요."

카미엘은 그녀에게 소환술사와 그 일행에 대한 얘기를 해주었다. 그러자 그녀 역시 힘을 보태기로 했다.

"저와 세계수도 함께 돕겠습니다."

"그래주시겠어요?"

"지구는 우리의 것이 아닌 만큼 더 소중하게 여겨야 합니다. 저런 침략자들이 마음대로 주무를 수 있도록 내버려 두는 것은 죄악이에요."

"지당한 말씀이십니다."

이윽고 카미엘은 카트리나에 대한 얘기도 꺼냈다.

"카트리나가 살아 있습니다."

"알아요. 인간의 기억도 모두 다 가지고 있거든요."

"그렇다면……."

"엘프족 여왕임과 동시에 당신을 사랑하던 아름이라는 여자라는 소리죠."

그녀는 카미엘의 손을 잡았다.

"난 변함없이 당신을 사랑할 겁니다."

"아름 씨……."

"그래요. 나를 어떻게 불러도 좋아요. 하지만 우리가 사랑한 마음은 평생 변함이 없었으면 좋겠네요."

카미엘은 지구에서 새롭게 시작하려 했으나 뜻하지 않게 다시 시작할 수 있는 기반을 마련하게 되었다.

엘프족도 유페리우스 계의 일부분이며 그곳 생명체들의 기원은 엄연히 따져 세계수에서 왔다고 볼 수도 있기 때문에 엘레니아의 생존은 차원의 복구를 뜻하기도 했다.

이제 힘을 쌓고 안전하게 공간을 이동할 수 있는 방법을 연구하기만 하면 된다.

그러나 그녀가 엘레니아라는 생각이 들자 카미엘은 카트리나에 대한 생각이 다시 떠올랐다.

그녀는 카미엘이 왜 심란해하는지 알고 있었다.

"이미 끝난 사이였다고 들었어요. 새로운 인연을 만났으니 새롭게 시작해야지요."

"그래요, 당신의 말이 맞습니다."

엘레니아는 카미엘의 손을 잡고 호텔로 향했다.

"방을 따로 잡았어요."

"네, 네?"

"…이런 말씀은 원래 안 드리려고 했는데, 제가 혹시 몰라서 방을 따로 잡았어요."

그제야 카미엘은 엘레니아가 예전의 아름으로 보였다.

"이런 제가 음탕하다고 생각하나요?"

"아니요, 귀여워요."

"귀, 귀여워요?"

"귀엽고 섹시하네요. 도발적이라고나 할까?"

"…다행이네요. 워낙 이런 것에는 소질이 없어서요."

카미엘은 그제야 엘레니아가 왜 남자에게 그렇게 이용당하고 버려졌는지 알 것 같았다.

그녀는 인간으로서의 기억을 새로 쌓아가다 보니 이곳에서의 생활에 익숙하지 않았던 것이다.

이제 그는 자신이 엘레니아를 안아야겠다고 생각했다.

그는 호텔의 엘리베이터에 오르는 순간, 그녀를 번쩍 안아 들었다.

"어, 어멋!"

"원래 호텔은 이렇게 들어가는 것이라고 하더군요."

"…너무 좋네요."

"그럼 오늘 밤을 불태워 볼까요?"

"몰라요."

두 사람은 아무도 없는 둘만의 공간에서 사랑을 꽃피웠다.

　　　　*　　　　　*　　　　　*

　이른 아침, 카미엘의 집으로 카트리나가 찾아왔다.

　똑똑.

　문을 두드려 본 카트리나는 집에서 아무런 인기척이 느껴지지 않음을 알 수 있었다.

　"어딜 간 거지?"

　그녀는 이곳에서 무작정 카미엘이 올 때까지 기다리기로 했다.

　애초에 전화 한 통 해보았다면 길이 엇갈리지 않았을 테지만 전화로 그의 목소리를 들으면 이곳까지 찾아올 용기가 나지 않을 것 같았다.

　그래서 무작정 카미엘이 사는 집의 주소만 가지고 찾아온 것인데 애석하게도 길이 엇갈린 것이다.

　그녀는 카미엘의 집에 온 김에 마당을 구경하기로 했다.

　헥헥!

　야옹!

　"개와 고양이가 꽤 많네."

　카미엘의 집에는 개, 고양이, 닭, 염소 등이 자라고 있었다.

　동네의 길 잃은 아이들이 죄다 이곳으로 모여드는 통에 이게 집인지 개관인지 구분이 안 될 정도였다.

그럼에도 불구하고 카미엘은 오는 개, 고양이를 말리지 않았다.

심지어 지금은 처음 온 녀석들이 새끼를 낳아 그 숫자가 족히 네 배는 불어나 있었다.

이러다간 농장을 차려도 될 정도였지만 이 집에는 나름대로의 규칙이 있었다.

하루에 세 번 밥을 주고 가끔 간식도 주지만 굳이 집에서 잠을 잘 필요가 없었다. 또한 영역 다툼을 하지 않으며 먹이는 새끼부터 먹는 법칙이 있었다.

이것은 언젠가부터 카미엘의 집에 드나들기 시작한 아름이 등장하고부터 생겨난 법칙이었다.

그녀는 자신이 나름대로 룰을 정해주고 몇 마리에게 전파했을 뿐인데, 그것이 마치 불문율처럼 굳어진 것이다.

이제는 집에다 똥오줌도 싸지 않을 정도로 자리를 잡아갔다.

카트리나는 처음 이곳에 와보는데도 질서가 아주 잘 잡혀 있다는 것을 알 수 있었다.

지잉, 지잉.

수많은 가축들 사이를 지나다니면서 밥을 주는 로봇들이 바쁘게 움직이기에 조금은 부산스러울 수도 있었지만 그것도 일정한 루트가 정해져 있는 것 같았다.

"카미엘이 원래 이렇게 동물들을 잘 다루었나? 만날 술이나 퍼마시는 주정쟁이인 줄 알았는데 그건 아닌 모양이구나."

그녀는 가만히 앉아서 가축들을 구경하고 간간이 보이는 로봇들의 행동을 관찰하면서 시간을 보냈다.

그렇게 얼마나 앉아 있었을까?

저 멀리서 승합차 한 대가 달려오고 있다.

스르르르르릉!

엔진 소리가 부드럽고 연소로 인한 매연이 거의 생기지 않는 것을 보니 분명 카미엘이 타고 다니는 차가 틀림없었다.

그녀는 귓전을 울리는 몬스터 코어 복합 엔진 소리를 들으며 슬그머니 미소를 지었다.

"이른 아침부터 어딜 다녀오는 거야?"

반가운 마음에 카미엘에게로 다가간 그녀는 순간 그 자리에 우뚝 멈추어 섰다.

그의 옆에 처음 보는 여자가 앉아 있었기 때문이다.

"…여자가 있었어?"

두 사람은 아주 단란해 보였고, 카미엘이 그녀를 무척이나 사랑하는 것 같았다.

그들의 사랑을, 인생 초년을 카미엘과 함께 보낸 그녀가 캐치하지 못할 리 없었다.

그리고 지금 카미엘이 짓는 표정은 그녀와 함께 있을 때엔 한 번도 나오지 않던 것이다.

순간, 딱딱하게 표정이 굳은 카트리나의 앞으로 카미엘의 차가 멈추어 섰다.

차에서 내린 카미엘이 그녀를 바라보며 반색하였다.

"카트리나!"

반갑게 자신을 맞이하는 카미엘에게 화를 낼 수는 없는 노릇이니 그녀는 이내 미소를 지었다.

"또 아침부터 술이야? 어디를 다녀온 거야?"

"응, 같이 사는 식구들끼리 여행을 다녀왔어. 만날 이 근방만 돌아다녔더니 좀이 쑤셔서 말이야."

"그렇구나."

그녀는 자신을 바라보는 아름에게 다가갔다.

"반가워요. 당신이……."

"네, 카미엘의 애인이에요."

"아아……."

"그리고 당신과도 깊은 관계가 있지요."

카트리나는 고개를 갸웃거렸다.

"저는 당신을 처음 보는데요?"

"후후, 그렇겠죠. 하지만 전 아니에요. 당신이 공왕으로 추대되었을 때에도 자리했고 직접 왕관을 씌워주기까지 했죠."

순간, 그녀의 눈동자에 한 사람이 겹쳐 보였다.

"엘레니아?!"

"네, 맞아요."

"허, 허어! 어떻게 여기에……?"

"처음엔 저도 자각하지 못했답니다. 스스로 지구에 적응하기 위해 가짜 껍데기를 덮어썼거든요. 지금은 그 기억과 함께 과거의 기억을 회복했어요."

카트리나는 그녀가 살아 있다는 것이 무엇을 뜻하는지 잘 알고 있었다.

"그렇다면 세계수는?"

"안전해요. 지금도 당장 소환이 가능해요. 그녀가 씨를 뿌린다면 우리 유페리우스 계는 다시 시작할 수도 있을 겁니다."

그녀는 약간의 희열을 느꼈다.

"…우리의 불씨는 꺼지지 않았던 것인가?!"

"불행 중 다행이라고 할 수 있죠."

처음 두 사람을 바라보며 약간 마음이 흔들린 것은 사실이지만 이제는 그런 애정관계는 아무래도 상관없었다.

이미 죽고 없는 사부의 유지를 받들 수 있다면 그녀는 무슨 일이든 할 것이기 때문이다.

"그럼 지금 당장 꽃을 피우시지요."

"하지만 지금은 시기상조예요. 지구는 이미 다른 종족이 번성해 있기 때문에 우리가 설 자리가 없어요."

"그렇다면 불모지를 찾아서 여행을 떠나야 한다는 소리인가요?"

"차원과 차원을 넘어서 우리가 기거할 만한 땅을 찾아야 합니다. 그게 유페리우스 재건의 발판이 될 테지요."

"으음, 그렇군요."

"아직까지 아공간을 이동할 에너지가 충분치 않고 카미엘이 처리하지 못한 일이 있다고 하네요. 그 두 가지 조건이 충족되면 공간이동을 할 수 있을 겁니다."

그녀는 엘레니아의 얘기가 무슨 뜻인지 충분히 알아들었다.

"좋아요. 그럼 나도 함께 뜻을 합칠게요."

"고마워요."

이윽고 그녀는 리나를 바라보았다.

"그나저나 저 꼬마는?"

"…꼬마 아닌데요? 나는 변신술사 리나야."

"변신술사? 그렇다면 마탑에서 수련을 쌓았을 수도 있겠군."

"그렇겠지."

"으음, 그럼 저 아이도 함께 가는 건가요?"

리나는 고개를 끄덕였다.

"당연하지. 지구는 우리가 있을 곳이 아니잖아?"

"키는 작아도 생각은 제대로 되었군."

"…키가 커서 좋겠네."

"키 말고 다른 것도 커."

리나는 슬그머니 카트리나의 육감적인 바스트를 바라보았다가 이내 절망하였다.

"제기랄, 젖소도 아니고……."

"호호, 아스팔트의 껌딱지보다는 젖소가 낫지. 안 그래?"

"자랑이네."

"그럼, 자랑이지."

평소엔 어지간해서 이런 유치한 언쟁을 벌이지 않는 그녀이지만 어쩐 일인지 리나에게는 유난히도 날카롭게 굴었다.

일이야 어찌 되었든 간에 뜻이 모아졌다는 것이 중요했다.

"좋아요. 그럼 소환술사 놈만 잡아 족치고 우리는 갈 길을 갑시다."

"그래요."

이제 신 유페리우스 건설이 본격화되려 한다.

제8장

흑막을 찾아라

삼척의 발록 용병단의 사무실을 처분하고 스위스 안전 가옥으로 이사한 카미엘은 천천히 주변을 정리하기로 했다.

카미엘은 주말을 이용하여 동네잔치를 벌이고 자신이 마을을 떠날 것이라고 알렸다.

지금까지 이곳에 뼈를 묻을 것이라고 굳게 믿고 있던 상인들은 섭섭한 마음을 감추지 못했다.

그는 스위스의 선진 교육을 위하여 마을을 떠난다고 알렸다.

돼지 네 마리, 소 한 마리, 닭 100마리를 잡은 카미엘은 시장 상인들이 모두 다 충분히 먹을 수 있도록 추가로 고기를 더 사다가 날렸다.

"자자, 한잔하자고!"

"건배!"

오늘은 상인들이 모두 셔터를 내리고 카미엘이 연 잔치에 참여하여 배를 채웠다.

카미엘은 지금까지 자신들을 돌봐준 상인들에게 꾸벅 고개를 숙였다.

"지금까지 저를 돌봐주시고 아껴주신 것에 대하여 너무나 감사드립니다. 앞으로는 조금 더 발전된 모습으로 찾아뵙겠습니다!"

"그래, 잘해. 자네라면 스위스가 아니라 이 세상 그 어디를 가도 충분히 잘할 수 있을 걸세."

"말씀 감사합니다."

그가 떠난다는 소식과 함께 아름의 동행도 발표되었다.

공공보육시설의 교사들은 카미엘과 함께 스위스로 떠난다는 그녀에게 부러움의 눈빛을 보냈다.

"유럽으로 가다니, 부러워요."

"고향을 등지고 떠난다는 것이 좀 걸리긴 하지만 선생님이라면 잘할 수 있을 거예요."

"꼭 놀러 갈게요!"

그녀는 지금까지 자신을 잘 따라주고 도와준 그녀들에게 눈물을 보였다.

"…보고 싶을 것 같아요."

"왜 울어요. 좋은 곳으로 가는 거잖아요. 다시는 못 보는 것도 아니고."

"그렇지만……."

사실 지금 그녀가 떠난다면 앞으로 이곳에 돌아올 일은 아마 없을 것이다.

새로운 차원을 찾아서 떠난다는 것은 지구로 돌아올 수 없다는 것을 뜻하기 때문이다.

그녀는 다신 못 돌아올 이곳이 그리울 것 같아서 운 것이지만 사람들은 그녀가 정이 많고 마음이 여려서 운다고 생각했다.

그 말이 틀린 것은 아니지만 떠나는 것이 마냥 슬픈 것은 아니었다.

"두이 씨, 혼인신고는 했어요?"

"이제 할 겁니다."

"어머, 그럼 아름 선생님이 할머니가 되는 건가?"

"그런 셈이지요."

"꺄아아! 할머니! 약간 어색하지만 두 사람이 부부로 살아간다니 어쩐지 달콤하네!"

보육교사들은 그녀의 앞길을 축복하여 주었지만 마을 사람들이 전부 그녀를 축복하는 것은 아니었다.

시장통 상인들은 한 사람의 얼굴이 보이지 않아 약간 마음을 쓰는 눈치였다.

"그나저나 정 사장이 안 보이네."

"아, 미주 씨? 그러고 보니 미주 씨는 어디에 있어?"

엘레니아는 지구에서 30년이 넘도록 인간으로 살아왔다.

처음 그녀는 지구에 왔을 때 몸이 약해 죽어가던 아이의 육신을 입었다.

어차피 죽은 아이의 육신을 입은 것이긴 했지만 그 안에 들어 있던 기억과 습관을 모두 뒤집어썼다.

그녀는 스스로 껍데기를 만들고 그 안으로 들어가 온전히 기억을 지우고 아름이 된 것이다.

그렇게 아름으로 살아온 30년 세월, 그 세월을 함께한 미주는 그녀에겐 너무나도 소중한 존재였다.

하지만 차원을 넘어서 그녀를 데리고 갈 수는 없는 노릇이니 이제라도 정을 떼려는 것이다.

카트리나는 고도로 발전된 마도학을 익힌 사람이기 때문에 기억을 지우는 포션을 제조하는 것쯤은 일도 아니었다.

그렇지만 아직까지 엘레니아는 미주에게서 정을 떼지 못했다.

"미주는 집에 있어요. 곧 나오겠지요."

"쯧, 언니가 시집을 간다니 섭섭한 모양이군."

"그런 것 같아요."

"출가외인이야. 언니가 시집을 가면 기뻐해야지 왜 슬퍼해? 그러지 말라고 그래."

"네."

지금 미주는 나흘째 두문불출하며 농성을 벌이고 있었다.

언니가 굳이 스위스로 떠난다는 것을 인정할 수 없었기 때문이다.

엘레니아는 잔치 도중에 집으로 향했다.

*　　　　*　　　　*

미주의 집은 삼척 시가지 인근에 위치해 있었다.

딩동!

그녀가 사는 아파트의 초인종을 누른 엘레니아는 동생의 이름을 불렀다.

"미주야! 언니 왔어! 문 좀 열어봐!"

어려서 미주는 상당히 명랑하고 쾌활한 성격의 아이였지만 이따금 섭섭한 일이 있으면 방문을 걸어 잠그곤 했다.

이제는 따로 집을 구해서 살고 있기 때문에 방문이 아니라 집 문을 통으로 걸어 잠근 것이다.

엘레니아는 그 자리에 주저앉았다.

"미주야, 네가 언니를 보려 하지 않으면 마음 놓고 떠날 수가 없잖아."

바로 그때, 문 안에서 목소리가 들려왔다.

"그럼 안 가면 되겠네!"

"미주야?"

잠시 후, 문이 열리면서 미주가 빠끔히 고개를 내밀었다.

"이 멍청아, 쌍둥이 딸린 할아비가 뭐가 좋다고 스위스까지 따라가?!"

"그럴 만한 사정이 있어서 가는 거야. 그리고 그곳은 이곳에서의 생활보다 훨씬 더 좋을 거야."

"새로운 땅에서 새로 적응하는 것이 어디 그리 쉬워? 그리고 멀쩡한 고향 내버려 두고 왜 굳이 바다를 건너가야 하냐고. 난 그게 이해가 안 되는 거야."

"그곳이 아이들 교육에 더 좋다잖아."

"…그게 말이야?"

"네가 이해를 좀 해주면 안 될까?"

"싫어."

엘레니아는 그 자리에 자리를 잡고 앉았다.

"언니가 부탁할게."

"또 시작이네. 내가 허락하지 않으면 또 움직이지 않고 그 자리에 있을 거야?"

"응."

"그럴 것이라면 그냥 가. 난 싫으니까."

그녀는 눈물을 보였다.

"…그건 싫어."

"나이가 몇인데 떼를 써? 그런다고 내가……."

주르륵.

엘레니아의 눈에서 눈물이 흐르자 미주는 한숨을 푹 내쉬었다.

"정말……."

사실 미주가 지금까지 그녀의 눈물에 흔들린 이유는 언니의 눈물이 싫었기 때문만은 아니었다.

엘프 여왕의 능력 중에는 사람의 마음을 흔드는 호소력이 있었기 때문에 눈물을 흘리면 마력이 발동하여 마음이 동하였다.

때문에 그녀는 언니가 울면 그 모든 말을 이해하고 들어주었던 것이다.

만약 미주가 이 사실을 알게 된다면 뒤통수를 맞은 느낌이겠지만 그건 어쩔 수 없는 자연의 섭리와 같은 부분이다.

미주가 집 문을 열었다.

"들어와."

"…이해해 주는 거야?"

"그럼 어째? 이제 제대로 된 남자 만나서 떠난다는데 이해해 야지."

"고마워!"

자리에서 벌떡 일어선 엘레니아는 미주를 와락 끌어안았다.

"헤헤, 고마워!"

"이거 놔. 징그러워."

"싫어. 놓고 싶지 않아."

"…하여간 못 말려."

엘프 여왕의 능력이 발현되었든 그렇지 않든 간에 두 자매의 우애는 진실이었다.

이것만큼은 변하지 않는 사실이었다.

미주는 그녀가 들어오자 주섬주섬 방을 치우고 식탁으로 안 내하였다.

"앉아. 밥 차려줄게."

"밥?"

"밥이라도 먹고 가라고."

"네 형부랑……."

"싫어. 그 아저씨, 기생오라비처럼 생겨서 남의 언니 빼앗아 가는데 뭐가 예쁘다고 만나?"

"그렇지만 이제는 가족이잖아."

"가족이고 뭐고 싫어. 나중에 기회가 된다면 만날게. 하지만 지금은 싫어. 그 정도는 이해해 줘. 그건 할 수 있지?"

"응. 어쩔 수 없지."

두 사람에게 다음이라는 단어는 어울리지 않는다. 하지만 억지로 교섭을 한다고 해도 마음이 좋지는 않을 것이다.

그녀는 동생이 차려준 밥을 먹으며 행복에 젖었다.

*　　　　*　　　　*

엘레니아가 떠나기 전, 지금까지 그녀를 키워온 부모님을 만나기로 했다.

서울에 자리를 잡고 사는 아름, 미주의 부모님은 딸의 스위스행을 마냥 나쁘게 보지만은 않았다.

어차피 한 번 결혼에 실패한 딸이고 그만큼 깊은 상처를 가지고 있다는 것을 알고 있기 때문이다.

아름의 부모님은 카미엘에게 앞으로의 일에 대해 물었다.

"앞으로 어떻게 살아갈 건가?"

"아이들이 장성할 때까지 책임을 지고 크면 분가를 시킬 생각입니다."

"으음."

"자식이 낳은 아이들이라 마음이 가긴 합니다만 그래도 갈 길이 다를 수도 있으니까요."

"그래, 그게 맞는 얘기지."

아름의 모친은 딸의 출산에 대한 궁금증도 있었다.

"자식은?"

"낳을 수 있다면 낳을 겁니다. 아름 씨가 원한다면요."

"그럼 김 서방은?"

"사실 제가 아이들을 키우는 입장이긴 하지만 엄연히 말해서 자식은 아닙니다. 손자 손녀가 자식을 대신할 수는 없지요."

"생기면 낳을 생각이 있는 것이군요."

"물론입니다."

카미엘은 어차피 기억이 지워질 사람들이라고 해서 간단히 생각하지는 않았다.

그는 자신의 솔직한 입장을 표명하였다.

"사실 제가 자식에 대한 상처가 있어서 결혼 자체에 회의가 있었습니다. 만약 아름 씨가 제 상처를 어루만지지 않았다면 평생 그 트라우마 안에서 헤어 나올 수 없었겠지요."

"자식이 하늘로 먼저 갔다고 했나?"

"예, 그렇습니다."

"으음……."

"처음에 아이가 생겼을 때엔 아이가 생겼다는 사실도 몰랐습니다. 그러다 우연히 그 존재를 알게 되었지만 쉽게 만날 수는 없었지요. 아이 엄마의 입장도 있었으니까요."

"그래, 그건 그렇겠지."

"아무튼 그렇게 책임을 질 수도, 그렇다고 지지 않을 수도 없는 상황에서 시간이 흘러 손자 손녀가 태어났습니다. 이 아이들의 존재 유무도 모르고 살다가 전처와 아들 내외가 죽고 나서야 그 존재를 알았습니다. 슬픔과 기쁨이 공존했지요."

"많이 힘들었겠군요."

"힘들다기보다는 정신이 없었습니다. 과연 어떻게 살아야 할지 가늠조차 할 수 없었고요."

사람은 고생한 만큼 성장한다고들 말한다.

아름의 부모님은 카미엘의 자세한 사정은 모르지만 그가 제대로 된 사람이라고 생각했다.

"그래요, 스위스로 떠난다니 굳이 말리지는 않겠어요. 지금 저 쌍둥이는 물론이고 앞으로 태어날 우리 손자 손녀도 혜택을 받을 테니."

"감사합니다."

"아무쪼록 잘 지내요."

이미 두 사람은 결혼식을 생략하겠다고 말한 상태이니 더 이상 머무를 이유가 없었다.

"잘 살아요."

"그러겠습니다."

엘레니아는 고개를 숙인 채 눈물을 흘렸다.

"…잘 살게요."

"잘 살아. 더 이상 불행하지 말고."

"응……."

이제 그들은 엘레니아를 기억에서 지우게 될 것이다.

*   *   *

스위스 안전 가옥으로 자리를 옮긴 카미엘 일행은 이제 본격적으로 소환술사와 흑막의 행방을 찾아가기로 했다.

엘레니아는 아공간을 조율하는 놈을 잡을 수 있는 유일한 방법에 대해 설명하였다.

"저는 아공간을 넘나들 수 있는 능력을 가지고 있습니다. 그것은 우리 종족이 가진 고유의 능력이기도 하지요."

"그 능력을 이용해 놈을 잡는다는 말인가요?"

"맞아요. 그가 아공간을 열어 몬스터를 소환할 때 저는 그 안에 덫을 놓을 수 있습니다. 덫을 놓으면 몬스터를 소환할 때 제 앞에도 같은 아공안이 열리지요. 그 아공간을 통하여 공간 이동을 하면 그를 잡을 수 있어요."

"그러니까 놈의 아공간으로 직접 들어가 처단하겠다는 얘기군요."

"네, 맞아요. 그렇게 하는 것이 가장 빠른 방법이라고 생각해요."

"좋은 방법이군요."

카트리나는 엘레니아의 방법이 가장 완벽하다고 맞장구를 쳤다.

"그래, 그녀의 말이 맞아. 우리가 놈을 잡아 족치자면 그 방법이 가장 빠를 거야."

"만약 문제가 하나 있다면 그의 아공간이 열리는 곳을 정확하게 지목할 수 없다는 것이죠."

솔로몬은 엘레니아의 의문을 단박에 풀어주었다.

"아니, 지목할 수 있다네. 파괴의 고리에는 놈의 아공간이 반드시 나타나게 되어 있어. 파괴의 고리가 흔들리면 놈의 아공간도 더 큰 힘을 얻게 되거든."

"그렇다면 그곳에 덫을 쳐놓고 놈이 스스로 걸려들기를 기다리면 되겠군요."

"어차피 놈이 원하는 것은 따로 있으니 그것만 노리면 뒤를 잡는 것은 문제가 아니야. 하지만 그놈을 사로잡았을 때 배후를 캘 수 있을지가 의문이지."

카트리나는 슬그머니 미소를 지었다.

"뭐, 그런 부분에선 걱정할 필요가 없어."

"뭔가 특별한 수단이 있는 모양이지?"

"물론이지. 일단 그놈을 잡기만 하면 입을 여는 것은 그리 힘들지 않아. 아니, 오히려 놈이 술술 입을 열게 될 거야."

"그렇다면 얘기가 쉬워지지."

카미엘은 가용 가능한 모든 인원을 파견하여 덫을 놓을 것을 제안하였다.

"단장님, 우리가 인류의 가장 큰 위협을 제거하자면 속전속결로 일을 끝내는 것이 좋습니다. 앞으로 그들이 또 무슨 짓을 벌일지 아무도 모르기 때문이죠."

"그래, 그 의견엔 나도 전적으로 동의하는 바일세."

솔로몬은 실버 나이프의 모든 전력을 동원하여 파괴의 고리를 압박하기로 했다.

"지금부터 우리 실버 나이프는 모든 임무를 중지하고 오로지 파괴의 고리에 덫을 놓는 데 전력을 다한다."

"예, 알겠습니다."

실버 나이프는 범세계적인 작전에 모든 전력을 집중시키기로 했다.

*   *   *

파괴의 고리 중에서 가장 세력이 강력한 부분은 바로 대한민국이다.

그중에서도 카미엘이 상황을 정리해 준 충북 제천 지역이 그 세력이 가장 강력하였다.

지금도 이곳으로 몬스터들이 심심치 않게 출몰하고 있어 주변의 모든 군부대가 초긴장 상태를 유지하고 있었다.

이곳으로 팬텀의 대원들이 찾아왔다.

고스트는 새롭게 생긴 아공간들을 차례대로 순회하며 추이를 지켜보았다.

만약 이곳에서 자리를 잡고 기다리는 도중에 아공간이 새로 생겨 몬스터가 튀어나온다면 곧바로 덫을 놓을 생각이기 때문이다.

그들이 놓은 덫은 바로 엘프족 세계수 나무의 씨앗이었다.

세계수 나무의 씨앗은 무한정으로 생산되는데, 이것은 엘프족 여왕의 영혼과 연결되어 원격으로 싹을 틔울 수 있었다.

고스트는 이것을 역 자기장 탄환에 실어 아공간 안으로 침투시킬 것이다.

만약 이 작전이 성공하게 된다면 해당 아공간이 두 갈래로 갈라지면서 자연스럽게 엘레니아의 통로가 되는 것이다.

팬텀의 일원은 이번에야말로 소환술사를 잡아 그 얼굴을 구경할 수 있을 것이라 기대하였다.

만약 이 작전이 성공한다면 지금까지 죽어간 동료들의 복수를 할 수 있기 때문이다.

각자 저격용 위장 슈트를 착용한 팬텀의 일원은 서로 무전을 하면서 각 지점을 뚫어져라 쳐다보고 있었다.

바로 그때, 고스트의 앞에 스멀스멀 아지랑이가 피어오르기 시작했다.

끼이이이잉!

그는 곧바로 동료들에게 무전을 보냈다.

"아공간이 나타났다!"

―드디어!

―우리가 그곳으로 합류할까?

"아니, 그럴 필요 없다. 오히려 난리를 피웠다가 놈이 눈치채고 도망을 칠 수도 있어."

고스트는 자신의 애병이자 위기의 순간을 몇 번이고 탈출시켜 준 저격총을 들이댔다.

철컥.

아주 조심스럽게 탄환을 장전한 고스트는 아공간이 완전히 다 열리기를 기다렸다.

우우우웅!

아공간이 마이너스 에너지를 받으면서 몬스터를 뱉어내기 시작했다.

꿀렁!

크르르르릉!

"이번에는 씨알이 좀 굵군."

—뭐지? 타우렌인가?

"타우렌 중에서도 덩치가 꽤 큰 편이야. 저 정도면 거의 돌연변이라고 해도 과언이 아니겠는데?"

타우렌은 소의 머리에 오우거의 몸통을 가진 몬스터인데 그 근력이 오우거의 무려 열 배나 된다.

만약 타우렌이 열 마리 이상 모이면 주변에 비상사태가 선포될 정도로 강력한 전투력을 가졌지만 지능은 그리 좋은 편이 아니라서 일단 화력만 집중시키면 일개 중대로도 충분히 제압이 가능했다.

그런 타우렌이 대략 두 배쯤 커져서 아공간을 뚫고 나오니 조만간 비상사태가 선포될 것 같았다.

그러나 고스트의 관심사는 그것이 아니었다.

"한 방이다."

깊게 심호흡을 한 고스트는 정확히 아공간의 중앙으로 탄환을 쏘아 보냈다.

철컹!

대물저격용 총탄이 3㎞의 거리를 날아 아공간 안으로 완벽하게 들어갔다.

꿀렁!

"됐다!"

—이젠 임무 완수인 것인가?

고스트가 임무를 완수하긴 했지만 문제는 아공간에서 나오던 몬스터들이 고스트의 위치를 파악했다는 것이다.

쿠오오오오오!

─젠장, 안 되겠어! 어서 도망쳐!

"안 그래도 그럴 생각이다."

고스트는 시속 100㎞로 달릴 수 있는 전동스케이트보드를 꺼내 들었다.

부르르르릉!

원래 가까운 거리를 다닐 때에나 사용하던 전동스케이트보드는 이제 무궁한 발전을 이룩하여 장거리를 여행할 수 있는 수단이 되었다.

또한 수륙양용으로 사용이 가능했기 때문에 군사용으로 사용되는 경우도 있었다.

특히나 지금처럼 공간이 협소하고 작전에서의 생존이 불투명할 때엔 더더욱 애용되곤 했다.

부아아아아앙!

고스트는 전동스케이트보드를 타고 산비탈을 빠르게 내려갔다.

크훅, 크훅!

"제기랄, 지독하게 따라붙는군!"

마치 스노우보드를 타듯 미끄러져 내려가는 그를 뒤에서 따라오는 타우렌들의 추격이 거셌다.

놈들은 나무고 바위고 전부 몸으로 들이받아 부수어 버렸다.

콰앙!

고스트는 속으로 헛물을 삼켰다.

"…엄청난 놈들이네. 저 덩치로도 무식하게 빠르게 달리네."

한참을 달리던 고스트의 앞에 강줄기가 발견되었다.

─전방에 강이 있어! 우리는 강줄기 하구에서 기다릴 테니 그곳으로 올 수 있도록.

"알겠다."

그는 곧장 강줄기를 타고 내려갈 수 있도록 보드를 강에 안착시켰다.

좌라라라락!

사방으로 물이 튀며 고스트의 몸이 강 위에 섰다.

타우렌들은 본능적으로 강 앞에 멈추어 서긴 했지만 소는 생각보다 수영을 잘하는 동물들이다.

놈들은 보드를 타고 강에 안착한 고스트에게 눈을 희번덕거리며 헤엄을 치기 시작했다.

크후욱, 크후욱!

"이, 이런……?!"

스케이트보드가 수륙양용이긴 하지만 모터에 물이 찰 때까지 대략 5초의 딜레이가 있었다.

원래대로였다면 진즉 물을 채워두었겠지만 지금은 상황이 너무나 급해서 물가에 내려앉고 보았다.

때문에 엔진이 물에 적응할 시간이 없었다.

끼릭, 끼릭!

"제기랄! 시동이 안 걸리네!"

하필이면 또 시동이 꺼지는 바람에 엔진을 가동하는 데 어려움이 있었다.

그는 하는 수 없이 스케이트보드에 가슴을 대고 누워 패들링을 시작하였다.

좌락, 좌락!

엔진이 돌아가지 않으면 손으로 노를 저어 앞으로 나갈 수밖에 없었다.

그런 그의 뒤로 흰색 침을 질질 흘리며 미친 듯이 달려오는 타우렌들이 보인다.

쿠오오오오!

"오오, 씨발!"

잘못하면 타우렌들에게 몸이 썰려 험한 꼴을 볼 수도 있으니 고스트는 미친 듯이 노를 저었다.

"허억, 허억!"

하지만 얼마 전 비가 오는 바람에 강의 지류가 상당히 거세져 있었다.

앞으로 나아가는 것은 문제가 안 되지만 보드가 뒤집어지지 않도록 중심을 잡는 것이 쉽지 않았다.

고스트는 간신히 좌우로 몸을 갸우뚱거리며 중심을 잡고 있었지만 강에는 장애물이 많았다.

솨아아아아아!

그의 앞에 바위지대가 보였다.

"허, 허억!"

쿠오, 쿠오오오오!

입을 떡 벌린 타우렌들이 그의 발을 뜯어먹기 위해 이를 딱딱거렸다.

탁탁탁!

만약 옆으로 조금이라도 고꾸라지는 날엔 그대로 다리가 날아갈 판이다.

"사, 사람 살려!"

바로 그때, 보드에 시동이 걸렸다.

지이이잉, 탈탈탈!

"거, 걸렸다!"

고스트는 그제야 보드 위에 안착하여 제법 능숙하게 물살을 타기 시작했다.

솨아아아아!

타우렌들이 다소 허무한 눈으로 그를 바라보았다.

크오······?

"뭘 물음표야? 이제 너희들은 나를 따라잡을 수 없다!"

그는 마지막으로 소들에게 총알을 한 방 선물하기로 했다.

"이거나 먹어라!"

철컥, 타앙!

저격탄이 타우렌의 목덜미에 맞자 그 가죽이 뚫리면서 사방으로 선혈이 뿜어져 나왔다.

푸하아아악!

원래 살생을 좋아하는 성격은 아니지만 자신이 죽을 뻔했음을 생각하여 한 방 먹여준 것이다.

"이놈들, 다시는 보지 말자!"

그는 보드를 타고 강을 내려가 동료들의 품으로 돌아갔다.

*　　　　　*　　　　　*

엘레니아의 말처럼 아공간에서 자라난 씨앗은 입구와 출구를 모두 두 개씩 만들어냈다.

이제 그곳은 엘레니아의 의지만 있다면 충분히 건너갈 수 있는 길이 되었다.

꿀렁, 꿀렁.

공간의 일그러짐을 만들어내는 아공간의 앞에 선 카미엘 일행은 엘레니아를 따라 발을 집어넣었다.

그러자 그들의 몸이 빠르게 아공간을 따라 흘러 나갔다.

슈아아아아악!

"오오……!"

"으윽!"

저마다 개성 있는 신음을 흘리며 아공간 안으로 빨려들어 간 일행은 정신없이 도리질을 치다가 이내 발에 뭔가가 툭 걸리는 것을 느꼈다.

그것은 바로 사람이 바로 설 수 있는 땅이었다.

"다 왔어요."

"여긴 어디죠?"

"그건 아무도 몰라요. 그저 힘의 발원지를 찾아온 것일 뿐이니 정확한 위치는 알 수가 없지요."

카미엘은 GPS 장치를 꺼내어 이곳의 좌표를 확인해 보았다.

"일본?"

"아아, 이곳이 일본이에요?"

"일본 도쿄의 한복판으로 나오는데요?"

잠시 후, 그들이 서 있는 곳의 풍경이 곧장 눈에 들어왔다.

빠앙!

이곳은 도쿄 시부야의 한복판이었다.

아무래도 소환술사는 이곳에 숨어 지내며 몬스터들을 뿌리고 다닌 모양이다.

그녀는 아공간에 핀 꽃을 사용하여 '향기의 추적'을 시작하였다.

향기의 추적은 아공간을 지배하는 자의 체취를 따라서 추적을 벌일 수 있는 능력이다.

이 능력은 차원과 차원을 넘지는 못하지만 같은 차원에 있는 사람은 얼마든지 찾아낼 수 있었다.

그녀는 시부야의 한 곳을 지목하였다.

"이곳에서 대략 5㎞ 정도 떨어진 산사에 소환술사가 있어요."

"산사?"

"네. 우리가 이곳으로 오는 동안 그는 산사로 돌아간 것 같아요."

"산사라……. 어울리지 않는 이름인데?"

"어쩌면 산사에 숨어서 사는 편이 가장 좋을 수도 있지요. 종교적인 건물에 숨어 있다면 의심을 덜 받을 테니까요."

"으음, 그건 그러네요."

잠시 후, 일행은 시부야의 도심에 있는 산사에 도착하였다.

땡, 땡.

풍령이 부딪치며 들리는 소리에 카미엘은 민감하게 반응하였다.

"어쩐지 이 소리를 어디선가 들어본 적이 있는 것 같은데?"

카미엘은 아공간 너머에서 마치 종소리가 들린다고 생각했다.

아무래도 그 종소리는 풍령이 만들어낸 것인 듯했다.

"맞아, 이곳이야!"

"어떻게 알아?"

"놈과 싸울 때 이런 소리가 들렸거든."

"그렇다면 지금까지 산사에 지내면서 이 세상을 쥐고 흔들었던 거야?"

"그런 셈이지."

"머리가 좋은 놈이로군."

잠시 후, 카미엘 일행의 앞으로 무녀복을 입은 여자가 다가왔다.

그녀는 빗자루로 마당을 쓸다가 무심코 그들을 바라보았다.

"무슨 일이시죠? 점을 보러 오셨나요?"

"아닙니다. 사람을 좀 찾으려고요."

"사람이요?"

"이 산사에 남자가 한 명 살지 않나요?"

"아니요, 산사에는 저 혼자 살아요."

카미엘은 속으로 고개를 갸웃거렸다.

'놈은 분명 남자였다. 그런데……'

그가 긴가민가하고 있을 때 카트리나는 역시 행동으로 모든 것을 정리하였다.

"저 여자가 소환술사가 아니라면 이것을 피해낼 수 없겠지."

카트리나는 전기로 침을 만들어 앞으로 뻗어냈다.

"라이트닝 볼트!"

콰지지지지직!

작지만 꽤 강력한 전력을 가진 라이트닝 볼트가 날아가 그녀의 콧잔등 앞에 당도하였다.

하지만 바로 그때, 아공간이 열리며 라이트닝 볼트가 사라져 버렸다.

팟!

그제야 무녀로 변신한 소환술사 쿤타가 제 모습을 드러냈다.

"이런, 정체가 벌써 탄로 난 것인가?"

"쿤타!"

"오오, 내 이름까지 기억하다니, 제법이로군."

쿤타는 오늘도 역시 오만한 표정으로 일관했다.

거들먹거리는 눈동자로 일행을 내려다본 쿤타는 슬그머니 주머니에 손을 찔러 넣었다.

"여기까지 온 것은 축하할 일이지만 기왕지사 왔으니 살려서 보낼 수는 없지!"

그가 주머니에서 손을 빼자 공간이 일그러지면서 일행의 주변으로 아공간이 자리를 잡기 시작했다.

꿀렁!

하지만 그 아공간은 이내 허물어져 힘을 잃고 말았다.

"허, 허억?!"

"당신의 아공간은 이미 세계수의 영역이 되었습니다. 그런 아공간의 장난은 이제 통하지 않는다는 소리죠."

"엘프 여왕?!"

"이제 그 마왕놀이도 끝입니다. 그만 죽어주세요."

아공간이 막혀 도망을 칠 수도 없었고 저들을 공격할 수도 없었다.

쿤타는 침을 꿀꺽 삼켰다.

"이런 제기랄!"

"지금까지 어떻게 살아남았는지 모르겠지만 오늘은 아니다!"

카미엘이 검을 뽑아 그의 다리를 베어버렸다.

서걱!

그러자 그의 몸이 좌로 기울어지면서 검붉은 피를 뿌려댔다.

푸하아아아악!

"*끄아악, 끄아아아아아악!*"

"고통스러운가? 네놈 때문에 죽어간 사람들을 생각하면 이 정도는 아무것도 아니야."

"허억, 허억! 신의 진노를 사서 모두 불에 타 죽어버려라!"

"그래, 언젠가는 죽겠지. 하지만 그게 지금은 아니다."

카미엘은 그의 팔과 다리에 있는 모든 신경을 끊어버리고 다시는 팔다리를 움직일 수 없도록 만들었다.

더 이상 그는 사람 구실을 할 수 없을 것이다.

카미엘 일행은 그를 포박하여 취조하고 심문하기로 했다.

"데리고 갑시다."

"그래요."

일행은 산사를 떠나기 전 엘레니아에게 한 가지 부탁을 했다.

"아공간을 파괴시킬 수 있겠습니까?"

"물론이죠."

"다신 이런 괴물들이 설치지 않도록 해주십시오."

"네, 알겠어요."

엘레니아가 손을 내젓자 아공간이 무너져 내리며 그 입구가 봉인되었다.

이제 그 어떤 누구도 지구에 아공간을 열 수 없을 것이다.

일행은 쿤타를 데리고 스위스로 향했다.

외전

카트리나

유폐리우스 계 중부 대륙의 척박한 사막 도시 케일런.

휘이이잉!

한차례 모래바람이 불어와 도시를 오가는 상인들의 발을 묶는다.

케일런은 사막 한가운데에 위치하여 농업이 발달하지 못하였지만 인근 수백 km 근방에 걸친 상업도로의 중심에 있었다.

무려 5,000km가 넘는 거대한 상업도로에는 겨우 열 개의 오아시스만이 자리 잡고 있었기 때문에 오아시스를 보유한 도시들은 꽤 거대한 부를 축적할 수 있었다.

특하나 케일런은 풍족한 지하수가 용천되어 나왔기 때문에 영지가 전부 모래임에도 불구하고 농업도시보다 훨씬 눈부신 발전을 거듭할 수 있었다.

이토록 고도의 발전을 이룩한 상업 도시 케일런이기에 그 화려함이 여타 도시에 비교할 수 없을 정도였다.

그런 케일런에도 어두운 부분은 있게 마련이다.

케일런은 빈부 격차가 심하고 비적 떼의 습격에 목숨을 잃은 상인들의 고아들이 넘쳐났다.

아무리 부를 축적했다곤 하지만 중앙정부와 동떨어진 생활을 하는 케일런이기에 항상 병력이 모자랐다.

과부족인 영지군을 억지로 차출하여 방어에 힘을 쓰긴 했지만 행상을 떠나는 상인들까지 보호하지는 못했다.

그 결과 영지의 뒷골목에는 기아가 창궐하기 일쑤였다.

"한 푼만 줍쇼!"

이제 겨우 다섯 살이나 되었을 법한 꼬마 아이가 구걸을 하고 있다.

아이는 녹색 눈동자에 검은색 머리카락을 가지고 있었다.

지나가는 행인들은 아이를 바라보며 침을 내뱉었다.

"퉤! 검은 머리에 녹색 눈동자라니, 마족의 자식이 분명하다!"

"영지군은 뭐 하는 거야? 악마의 씨앗이 저기에 있는데 때려

죽여야지!"

아이는 더욱더 머리를 깊이 숙였다.

"아, 아니에요! 저는 악마가 아니에요! 제가 만약 악마였다면 구걸을 하고 다니겠어요?"

"그럼 만약 악마였다면 구걸을 하지 않고 뭘 했을 것 같으냐?"

"몰라요. 하지만 최소한 밥은 굶지 않았겠죠."

"어린놈이 맹랑하군. 검은 머리카락을 가진 놈들은 다 저런가?"

유페리우스 계에선 흑발을 가진 사람이 귀했다.

흔히 왕족의 색이라 불리는 백금발과 적발, 그리고 가장 흔한 금발이 대부분이었다.

지금까지 역대 왕들에게선 모두 백금발이 태어났고 그 백성들 또한 적발이나 금발의 자식을 낳았다.

대륙에 몇 없는 흑발은 악마의 씨앗이라고 하여 태어나자마자 죽이거나 죽을 때까지 손가락질을 받았다.

카미엘은 부모님의 얼굴이 기억나지 않는 고아이기 때문에 자신이 왜 흑발인지 알 수 없었다.

어린 카미엘은 영문도 모른 채 사람들의 손가락질을 받으면서 살아갈 수밖에 없었던 것이다.

지나가던 행인들은 손을 벌린 카미엘에게 침을 뱉을 뿐 돈은 주지 않았다.

"퉤, 액땜이다!"

"……."

"에잇, 재수 없어! 가서 술이나 마시자고!"

행인들이 지나간 후 카미엘은 바닥에 스윽 손을 문질러 침을 닦았다.

슥슥.

"안 줄 것이면 말지 왜 침은 뱉지? 이해를 할 수가 없네."

그는 자리에서 일어나 뒷골목의 우물가로 갔다.

도시에는 수많은 우물이 있어 사막이지만 물은 실컷 마실 수 있었다.

카미엘은 우물가에서 물을 길어 배가 **빵빵**해질 때까지 마셨다.

꿀꺽꿀꺽!

"으후, 좀 낫네."

갈증과 함께 배고픔이 조금 가시는 것 같았다.

물을 다 마시고 나니 문득 자괴감이 들었다.

"난 정말 악마의 자식인 건가?"

카미엘은 바가지에 비친 자신의 얼굴을 바라보았다.

검은색 머리에 녹색 눈동자, 거리의 악사들이 말하던 악마의 모습과 비슷했다.

악마들은 생각처럼 무섭게 생기지 않았다고 했다.

오히려 인간은 범접할 수 없는 미색을 앞세워 사람들을 현혹시키고 그들을 먹이로 삼으니 그저 미모가 수려한 인간으로밖에 안 보인다는 것이다.

그들과 인간을 구분할 수 있는 것은 오로지 녹색 눈동자와 검은색 머리카락뿐이었다.

카미엘은 자신이 정말 악마라면 어째서 인간들에게 치이고 욕을 먹는 것인지 궁금했다.

"거리의 악사들은 다 거짓말쟁이야. 내가 진짜 악마였다면 구걸이나 하고 다니겠어? 마법으로 빵을 만들어 먹겠지."

잘 구운 빵을 도대체 언제 먹어봤는지 기억조차 나지 않을 정도인데 무슨 악마 타령인지 카미엘은 답답하기만 했다.

그는 고개를 올려 하늘을 바라보았다.

"해가 지려고 하네."

거리가 어둠으로 물들면 취객들이 돌아다니기 때문에 구걸을 하기가 쉽지 않았다.

게다가 밤에는 험상궂은 사람들이 더 많아져서 잘못하면 구걸을 하다가 저세상으로 가기 일쑤였다.

카미엘은 도시의 뒷골목 깊숙한 곳에 위치한 고아원으로 향했다.

　　　　　*　　　　　　*　　　　　　*

　웅성웅성,

　고아원은 매번 시끄럽고 부산스럽기 그지없었다.

　카미엘은 하루에 두 번 나오는 밀가루 죽을 얻어먹기 위해
줄을 섰다가 이내 포기하였다.

　이미 덩치가 큰 소년들이 죽을 모두 다 먹고 남은 것을 그다
음 큰 놈들에게 주었기 때문에 키가 작고 어린 아이들은 매번
끼니를 채우지 못하였다.

　특히나 카미엘처럼 눈에 띄는 외모를 가진 아이들은 뒤로 한
참 밀려나 음식 구경을 할 수가 없었다.

　나무 그릇을 들고 서 있던 카미엘의 뒤통수에 딱딱한 것이
날아와 부딪쳤다.

　따악!

　순간, 카미엘은 눈앞에 별이 번쩍였다고 느꼈다.

　"아윽!"

　"큭큭, 저 악마새끼, 죽을 먹으려 줄을 선 거야? 어이, 악마새
끼! 네놈은 그럴 필요가 없지 않나? 마법으로 빵을 만들어내면
되잖아?"

　그는 속으로 이를 갈았다.

　'…내가 악마였다면 네놈들부터 피죽을 쑤어먹었을 거야.'

238 도시 마도사

서러움이 카미엘의 몸을 휘감았지만 그는 끝까지 그들에게 반항하지 않았다.

만약 키도 작고 어린 카미엘이 저 거대한 덩치들에게 덤볐다간 뼈도 못 추릴 것이 분명했기 때문이다.

카미엘은 바닥에 떨어진 물건을 주워 정체를 확인해 보았다.

자신의 주먹보다 더 큰 돌멩이다.

'잘못하면 죽을 뻔했잖아? 이런 장난을 치다니……'

정말 이 세상에 악마가 있다면 저 소년들 좀 잡아갔으면 하는 바람이 간절하다.

그는 나무 그릇을 챙겨 다시 자신의 방으로 돌아갔다.

고아원은 옛 수도원을 개조하여 만들었기 때문에 다른 것은 몰라도 방은 남아돌았다.

카미엘은 자신이 혼자 사용하는 두 평 남짓한 방에 처박혀 문을 잠갔다.

철컥!

다른 아이들은 혼자서 지내는 카미엘이 마치 죄수와 같다고 손가락질을 했지만 그는 오히려 혼자가 좋았다.

혼자 있으면 맞을 일도 없고 괴롭힘을 당할 일도 없기 때문이다.

그는 방에 틀어박혀 나무를 깎기 시작했다.

스윽, 스윽.

카미엘은 거리에 널려 있는 나무토막을 주워 원하는 모양으로 깎고 그것을 조립하여 새로운 물건을 만들어냈다.

이번에 카미엘이 만든 물건은 태엽으로 가는 강아지였다.

거리에서 주운 철사를 나무에 감아 태엽을 만들고 그 몸통을 조각하여 동력 장치를 단 것이다.

사람 손바닥보다 조금 더 큰 나무 강아지는 이제 눈만 완성하면 된다.

그는 근처 상인들이 버린 무딘 칼을 갈고 갈아 나무를 깎기 좋게 만들고 그것으로 나무를 조각하였다.

슥슥.

이제 강아지의 눈알까지 완성되었다.

카미엘은 완성된 강아지를 바라보며 흐뭇하게 웃었다.

"훗, 귀엽네."

그는 강아지의 옆구리에 달린 태엽을 감았다.

끼릭, 끼릭!

약간 **뻑뻑**한 감이 있긴 하지만 톱니와 톱니를 연결하여 만든 태엽은 예상대로 잘 돌아갔다.

카미엘이 강아지를 바닥에 내려놓자마자 녀석은 네 발을 저으며 앞으로 나아갔다.

탁, 탁, 탁!

"오오, 간다!"

카미엘은 자신이 만든 나무조각이 이렇게 앞으로 잘 나아갈 때마다 약간의 희열을 느끼곤 했다.

기분이 좋아진 카미엘이지만 이내 다시 의기소침해졌다.

꼬르르륵.

"배고파."

하루 종일 먹은 것이 없어서 더 이상 움직일 힘이 없는 것이다.

그는 바닥에 누워 곰곰이 생각에 잠겼다.

카미엘은 언제까지 이렇게 밥을 굶으면서 살 수는 없다고 생각했다.

"잘 곳은 있지만 먹을 것이 없어. 이렇게 살다간 죽고 말 거야."

막연한 죽음의 공포, 어린아이가 감당하기엔 너무나도 가혹한 것이었다.

하지만 이곳에 사는 거의 대부분의 아이들이 기아와 죽음의 공포에 사로잡혀 있었다.

카미엘은 더 이상 이곳에서 죽음을 기다리며 근근이 살아갈 수는 없다고 생각했다.

비록 일곱 살의 어린 나이였지만 그는 앞으로 나아가기로 했다.

그는 바닥에 잘 숨겨둔 숫돌로 칼을 갈고 양가죽으로 만든 물통을 챙겼다. 그리고 마지막으로 한참을 아끼고 아껴두었던 새 신을 꺼냈다.

비록 냄새가 진동하는 돼지가죽으로 만든 신발이지만 질 기기가 거의 고무와 같아서 먼 길을 떠나는 데엔 제격이었다.

카미엘은 조용히 문을 열고 고아원을 나섰다.

끼이익.

늦은 밤이라 모두 잠들어 있고 돌아다니는 사람은 카미엘 한 사람뿐이었다.

그는 네모난 벽돌로 만들어진 복도를 지나 다 낡은 계단 앞에 섰다.

계단에는 횃불 하나가 놓여 있고 밖에는 오늘 낮에 떠온 물이 양동이째 놓여 있었다.

카미엘은 물주머니를 채우고 그것을 질끈 동여맸다.

"좋아, 가는 거야!"

단단한 각오를 다지고 밖으로 나가려던 카미엘의 어깨를 붙잡는 사람이 있었다.

턱!

순간, 카미엘은 그 자리에 바짝 얼어붙었다.

고아원에서 지내는 아이들은 영지의 복지 정책 일환인 보조금을 지원받는다.

원장은 그것을 받아 챙겨 상당한 부를 축적했기 때문에 아이들이 탈출하는 것을 엄금하고 있었다.

만약 밤을 타 탈출하는 아이가 발견되면 그 아이는 거의 죽기 직전까지 두들겨 맞아 독방에 갇히고 만다.

카미엘은 눈을 질끈 감았다.

'난 죽었다!'

하지만 카미엘의 귓가에 들려온 목소리는 너무나도 뜻밖의 것이었다.

"같이 가자."

"카트리나?"

"어서!"

고아원에서 가장 머리가 좋다며 원장의 사랑을 독차지하는 카트리나는 매일 풍족한 먹을거리를 가지고 잠에 든다.

아이들은 카트리나를 신의 아이라며 떠받들고 찬양하기 바빴고, 그녀는 끼니 때울 걱정 없이 살아가는 몇 안 되는 아이였다.

한마디로 카미엘과는 애초에 살아가는 환경 자체가 다른 아이라고 볼 수 있었다.

카미엘은 그런 카트리나가 왜 고아원을 나가려는 것인지 궁금했다.

"너는 이곳을 나갈 이유가 없잖아?"

"…시끄러워. 지금은 그게 중요한 것이 아니야. 일단 이곳을 나가자고. 내가 길을 알아."

"으, 응."

그는 카트리나를 따라 마을 동쪽에 있는 지하 수로로 향했다.

＊   ＊   ＊

카미엘이 사는 마을엔 영지의 중앙 광장과 통하는 지하 수로가 있는데 얼마 안 되는 우기가 되면 막았다가 건기가 오면 열어 지하수를 보충하였다.

그러나 요즘 같은 우기엔 주기적으로 비가 오기 때문에 수로를 열 일이 없었다.

촤륵, 촤륵!

카트리나는 자신의 허리까지 오는 물길을 거침없이 헤쳐 나갔다.

카미엘은 이제 그녀에게 사정을 들을 때가 왔다고 생각했다.

"이봐, 카트리나. 이제는 네가 왜 나와 함께하는 것인지 말해 줄 때가 되었다고 생각하는데?"

"…꼭 들어야겠어?"

"응."

"너, 우리 원장이 어떤 새끼인지 알아?"

"나쁜 새끼지."

"어떤 면에서?"

"도망치다가 걸리면 마구 쥐어 패잖아."

"또?"

"혼자서 끼니를 때우지. 우리는 쫄쫄 굶어서 죽겠는데 말이 야."

그녀는 한숨을 푹 내쉬었다.

"휴우, 그러니 너희들이 바보라는 거야."

"뭐가?"

"원장은 우리를 키워서 노예로 팔아먹으려는 거야."

"노, 노예?!"

"나같이 머리가 좋은 아이들은 귀족 집안으로 보내 시녀를 만들고 미색이 뛰어난 아이들은 창녀로 만든대."

"창녀? 그게 뭔데?"

카트리나는 고개를 가로저었다.

"…됐어. 그냥 그런 게 있다고 생각해."

"나쁜 거야?"

"몰라. 어른들이 나쁜 거래."

"그렇구나. 아무튼 원장 그 자식은 생각보다 더 나쁜 자식이네."

"그래. 이제 알겠어? 우리가 도망치면 왜 그렇게 목숨을 걸고 두들겨 패는지 말이야."

"그러네. 노예를 팔면 돈을 줄 텐데……."

"돈뿐이겠어? 그보다 더 좋은 것도 받아."

"좋은 것?"

"그런 것이 있어."

카미엘은 자신과는 다르게 머리가 너무 좋은 카트리나가 부담스러웠다.

그는 이쯤에서 서로 갈 길을 달리 하는 것이 좋겠다고 생각했다.

"저, 카트리나. 이제 이곳까지 빠져나왔으니……."

"바보야, 이제 시작이야. 혼자서 사막에서 살아남을 수 있다고 생각해? 너, 비적 떼와 싸워서 이길 자신 있어?"

"아, 아니."

"그럼 지금까지와 같이 구걸이나 하다가 발길질에 치여 죽을래?"

"절대로 아니!"

"그게 아니라면 닥치고 따라오기나 해. 말이 많으면 오래 못 살아."

"으, 응."

어린 나이에도 불구하고 머리가 다 커버린 그녀는 카미엘에겐 가까이하기 힘든 상대였다.

그렇지만 그녀의 기에 눌려서 어쩔 수 없이 따라갈 수밖에 없는 신세가 되었다.

'그냥 내일 떠날 것을 그랬네.'

후회가 되는 카미엘이었지만 이미 일은 벌어졌으니 어쩔 수 없었다.

그는 묵묵히 카트리나의 뒤를 따랐다.

* * *

지하 수로를 따라 도착한 곳은 영지의 끄트머리에 있는 마방이었다.

마방은 상인들이 행상을 떠나기 전에 물도 채우고 말도 구하는 곳이다.

카트리나는 주머니에서 동화 몇 닢을 꺼냈다.

"난 10바트라가 있어. 듣기론 이곳에서 다음 영지까지 가는데 5바트라가 더 있어야 한대."

"돈? 그런 것이 있을 리가……."

그녀는 와락 인상을 구겼다.

"그럼 도대체 어떻게 영지를 빠져나와 다른 곳으로 가려 했던 거야?"

"사막을 건너면 될 것 같아서."

카트리나는 어처구니가 없다는 듯이 말했다.

"이봐, 카미엘. 너는 사막이 얼마나 넓다고 생각하는 거야?"

"아주 넓겠지."

"그런데 물 한 통 들고 건너려 했다고?"

"응. 걷다 보면 길이 나오겠지."

"이런 멍청이! 사막은 우리가 사는 영지의 몇백 배나 된다고! 그런 사막을 도대체 어떻게 건너?!"

"그, 그런가?"

"멍청한 놈 같으니!"

그녀에게 욕을 한 바가지나 먹고 나니 기분이 썩 좋지 못한 카미엘이다.

카미엘은 그녀에게 버럭 소리쳤다.

"바보?! 바보라고 말하는 사람이 더 바보야!"

"뭐? 이런 멍청이가?!"

그녀는 카미엘의 뒤통수를 후려쳤다.

따악!

"아윽!"

"내가 너를 살려준 거야, 이 바보 멍청아! 사막을 혼자서 건넌다는 것은 죽으러 나가는 것이나 마찬가지야! 알아?!"

"그, 그런가?"

"당연하지! 내가 아니었다면 너는 지금쯤 시체가 되었을 거라고!"

맞은 것이 억울하긴 하지만 그녀의 얘기를 듣고 보니 그 말이 맞는 것 같기도 했다.

카미엘은 스르르 미소를 지었다.

"헤헤, 그래서 너를 따라온 거잖아."

"…바보!"

두 사람은 이제 이곳에서 5바트를 더 벌 생각을 해야 했다.

부유한 영지의 상인들에게야 5바트는 별것 아니겠지만 소시민에겐 하루를 살아갈 양식을 마련할 돈이었다.

그런 돈을 카미엘이 쉽게 마련할 리 없었다.

"그나저나 큰일이네. 카트리나 네 말에 따르자면 돈이 없으면 영지를 빠져나갈 수 없는 거잖아?"

"그래, 맞아. 그걸 이제야 알았어?"

"으음, 이걸 어쩐다?"

"어떻게든 방법을 마련해야 해."

일곱 살 카미엘이 여기까지 온 것만 해도 대단한 용기라 할 수 있지만 용기만으론 살아갈 수 없었다.

그는 구걸을 선택했다.

"동냥을 하면 벌 수 있지 않을까?"

"동화 한 닢을 구하기도 쉽지 않은데 어떻게 다섯 닢을 구해?"

"한 며칠이면 구할 수 있지 않을까?"

"그동안 먹을 음식은?"

"구걸로……."

"이 멍청아! 그런다고 상황이 나아져?!"

"그, 그럼 어쩌라고?!"

두 사람이 서로 싸우고 있는 가운데 그녀의 눈에 카미엘의 가방이 보였다.

"그 가방엔 뭐가 들어 있어?"

"조각칼하고 숫돌."

"그게 끝?"

"나무로 만든 인형 정도?"

"인형?"

카미엘은 수로 바닥에 태엽 인형을 내려놓았다.

끼릭, 끼릭!

태엽을 감은 카미엘은 강아지가 스스로 걸어가는 것을 그녀에게 보여주었다.

탁, 탁, 탁!

순간, 그녀가 화들짝 놀라며 물었다.

"어, 어디서 났어?"

"내가 만들었어."

"이, 이걸 네가 만들었다고?"

"응."

"어떻게?"

"동네에 굴러다니는 나뭇조각을 깎아 인형을 만들고 철사로 태엽을 만들어 넣었지."

"그걸 네가 혼자 다 했다고?"

"응."

그녀는 혀를 찼다.

"허, 허어! 너 천재 아니야?"

"이런 물건을 만든다고 천재면 넌 뭔데?"

"나는……."

우물쭈물 말을 삼킨 카트리나가 카미엘의 인형을 집어 들었다.

"가자!"

"어딜?"

"바보야, 이런 장난감은 꽤 비싸게 팔려. 적어도 동화 열 닢은 받을 수 있겠어."

"그, 그렇게나 많이 받아?"

"멍청하긴. 태엽을 만들 수 있는 사람은 그리 많지 않아. 철을 주물로 찍어내지 않으면 톱니를 만들기가 쉽지 않아서 그래. 그리고 이 작은 부품들을 조각으로 만들기가 그리 쉬운 줄 알아?"

"별것도 아닌데……."

"아무튼 간에 가자. 어두워지기 전에 가야 해."

"알겠어."

두 사람은 마을로 올라가 인형을 취급하는 잡화점으로 향했다.

*　　　*　　　*

잡화점 주인은 카미엘이 만든 인형을 보며 감탄하였다.

"대단한 물건이군."

"뭐, 그리 대단한 물건은 아닌데."

"누가 준 물건이니?"

카미엘이 입을 열기 전에 카트리나가 얼른 대답했다.

"삼촌이요."

"삼촌?"

"제가 어릴 때 주셨는데 이젠 필요가 없어서요."

"으음, 그렇구나. 그나저나 대단하네. 어린 조카에게 태엽 인형을 선물로 주다니."

어린 카미엘은 잘 모르고 있었지만 마법이 부여되지 않은 물건이 스스로 동력을 갖는 것은 상당히 드문 일이었다.

성문을 들어 올리는 도르래나 되어야 톱니가 들어가지 이렇게 작은 물건에 맞는 부품을 만들기는 쉽지 않았다.

때문에 장인들이 한 땀 한 땀 정성을 들여 태엽을 만드는 것이 대부분이었다.

카미엘은 그런 면에선 정말로 천재라고 할 수 있었다.

상인이 눈을 가늘게 떴다.

"50실버 주마."

"……!"

카미엘은 화들짝 놀랐으나 카트리나는 오히려 배짱을 부렸다.

"삼촌이 이런 물건은 적어도 1골드는 한다고 했는데, 안 되겠네요. 다른 잡화점에 가볼게요."

"자, 잠깐! 1골드는 좀 무리야!"

"그럼요?"

"80실버. 그 이상은 절대로 안 된다."

카트리나는 그제야 미소를 지었다.

"좋아요. 80실버 주세요."

"그렇게 하마."

상인은 은화 주머니를 카트리나에게 건네려다가 물었다.

"그런데 어른들은 어디에 가고 너희들만 이곳에 왔니? 혹시 이 물건을……."

"훔쳤다면 난리가 났겠죠. 1골드나 하는 태엽 인형을 도둑맞고 가만히 있겠어요?"

"하긴, 그건 그렇구나."

1골드는 일반 병사들의 한 달 월급이니 여염집은 몇 달은 족히 배부르게 먹을 수 있었다.

상인은 결국 그녀에게 은화 주머니를 건넸다.

"옛다, 받아라."

"감사합니다."

그녀는 주머니를 받고 잡화상을 나섰다.

아직도 얼떨떨한 표정의 카미엘은 이게 꿈인지 생시인지 분간을 할 수가 없었다.

"무슨 인형이 이렇게 비싸?"

"내가 말했잖아. 태엽을 만드는 일이 그리 쉽지 않다고."

"그렇다고 해도……."

"아무튼 네 실력이 좋아서 이 정도 한 것이니 칭찬해 줄게."

카미엘은 그녀의 칭찬에 기분이 좋아졌다.

"헤헤, 칭찬을 들으니 좋네."

"단순한 녀석."

두 아이가 은화를 받아 거리를 거닐고 있는데, 저 멀리서 영지군이 달려오는 모습이 보였다.

"비켜라! 도둑놈을 잡아야 한다!"

순간, 카트리나가 카미엘의 손을 잡았다.

"도망치자!"

"으, 응? 왜 도망을 쳐?"

"아무튼 빨리 도망쳐!"

꽁지가 빠져라 도망치는 두 아이였지만 건장한 청년들의 달리기를 이길 수는 없었다.

결국 카트리나와 카미엘은 영지군에게 붙잡히게 되었다.

"이놈들, 잡았다!"

"아, 아저씨들! 왜 이러시는 건데요?!"

"훔친 물건을 상인에게 팔았다지?"

"누, 누가요?"

카트리나는 영지군 너머에서 비열하게 웃고 있는 잡화점 주인을 발견하였다.

아무래도 잡화점 주인은 두 아이가 고아라는 것을 간파하고 영지군에게 신고하여 돈을 가로채려는 모양이다.

영지군은 두 아이에게 출신 성분을 물었다.

"너희들은 어디서 온 누구이냐? 물건은 또 어디서 났고?"

"그, 그건……."

"어서 말하지 못할까?!"

병사들의 윽박지름에 못 이겨 입을 열려던 두 아이의 뒤로 한 노인이 다가와 섰다.

"내가 데리고 왔소."

"노인장이 아이들을 데리고 오셨습니까?"

"그렇소. 내가 엘란트론에서 아이들을 데리고 이곳까지 왔소."

흑색 로브에 고깔모자를 쓴 노인의 지팡이에는 거대한 수정이 박혀 있었다.

순간, 병사들이 그에게 고개를 조아렸다.

"엘란트론 대공!"

"대공이라니, 이젠 그 직위를 내려놓았소. 그리 부르지 마시오."

"아, 아닙니다! 대현자껜 대공의 칭호도 남루하지요!"

"허허, 뭘 그렇게까지 말씀하시오."

병사들은 손발이 억류되어 있는 두 꼬마에게도 극존칭을 사용하였다.

"공자님, 공녀님, 이 무식한 병사들이 과오를 범했습니다! 용서하십시오!"

"아, 아니에요."

병사장은 아이들을 바라보며 웃고 있던 상인을 체포하였다.

"저놈을 위증죄로 체포하라!"

"예!"

"아이고, 나리! 살려주십시오!"

대현자가 웃으며 말했다.

"허허, 그자도 먹고살기 위해 한 일이니 죽이지는 마시오. 부탁하오."

"알겠습니다. 위증죄만 물어 처벌하겠습니다. 현자께서 친히 말씀하셨으니 곤형으로 끝날 겁니다."

"죄를 지은 자, 당연히 벌을 받아야지. 그렇게 하시구려."

"선처해 주셔서 감사합니다!"

엘란트론 공국은 마탑이 지배하는 영지이며 그 영지 자체가 하나의 독립된 국호를 사용한다.

또한 엘란트론 공국은 유페리우스 계를 움직이는 마법을 연구하고 총괄하는 곳이니 대공인 마탑주에게 반항하면 곧 멸망을 맞을 수도 있었다.

그런 사실들을 알 리가 없는 카미엘은 그저 인심 좋은 할아버지를 만났다고 생각했다.

"할아버지, 감사합니다! 덕분에 살았어요."

"허허, 다행이구나."

"이 은혜를 어떻게 갚아야 할지……."

"은혜랄 것이 뭐 있겠느냐. 다만 그 인형을 어디서 난 것인지는 말해주어야겠다."

카미엘은 노인에게 사실대로 고했다.

"동네에서 주운 나무를 조각해서 만들었습니다. 태엽은 지나가던 상인들이 만든 그림을 보고 따라서 만든 것이고요."

"태엽을 만들었다고? 네가 말이냐?"

"예, 그렇습니다."

노인은 너털웃음을 지었다.

"허허, 믿을 수가 없군. 그렇다면 네 녀석은 천재라는 소리 아니냐?"

"천재는 아닐 겁니다. 제 옆에 있는 카트리나도 똑같은 소리를 했지만, 저는 천재가 아니에요. 제가 천재라면 카트리나는 뭐예요? 박사인가요?"

그는 흥미로운 눈으로 카미엘을 바라보았다.

"이름이 무엇이냐?"

"카미엘입니다."

"누가 지어준 것이냐?"

"몰라요. 고아원에서 자라 누가 이름을 지었는지 잘 모릅니다."

노인은 카트리나에게도 이름을 물었다.

"이름이 어떻게 되느냐?"

"카트리나요."

"너도 고아원에서 왔느냐?"

"네."

"그래, 모두 부모를 잃고 살아가는 아이들이었구나."

노인은 두 아이를 데리고 여관으로 향했다.

"가자꾸나. 일단 좀 먹으면서 얘기하자꾸나."

"머, 먹어요?! 정말요?!"

"허허, 그래. 며칠 굶은 눈치구나?"

"헤헤, 사실 그래요. 고아원에서 살면서 끼니 챙기기가 어디 그리 쉬워야지요."

"알았다. 배가 고플 테니 어서 먹으러 가자꾸나."

"네!"

카미엘은 의심 없이 노인을 따르려 했으나 카트리나는 달랐다.

"…저희를 구해준 것은 감사하지만 무엇 때문에 구해주신 것인지 궁금하네요."

"뭐라?"

"돈도 안 되는 저희들을 왜 구하셨냐고요. 그리고 카미엘의 말이 거짓이라면 어쩌실 건가요? 저희들을 거리로 내몰 건가요?"

노인은 또다시 너털웃음을 지었다.

"허허허! 네 녀석도 보통은 아니구나. 으음, 그래, 그 정도 기지를 가졌으니 여기까지 왔겠지."

노인은 단도직입적으로 말했다.

"우리 마탑에서 너희들을 거두어야겠구나."

"어, 어디요?"

"마법사들이 사는 탑 말이다. 너희들은 이런 촌구석에 있을 아이들이 아닌 것 같구나."

카트리나는 적지 않게 놀랐지만 카미엘은 아주 단순하게 반응했다.

"마탑에는 먹을 것이 있나요?"

"물론이지."

"그럼 먹을 것을 나누어 주기도 하나요?"

"다른 것은 몰라도 먹을 것은 아주 실컷 먹을 것이다."

"오오! 그럼 난 무조건 갈래! 죽어도 좋아요! 따라갈게요!"

"허허, 그래, 고맙구나."

노인이 카트리나를 바라보자 그녀는 약간 당혹스러운 눈치였다.

"…아무리 그래도 마법사들이 사는 곳은 좀……."

"왜 그런 생각이 드느냐?"

"마탑은 아무나 갈 수 없는 곳인데 저희 같은 고아가 간다는 것이 쉽사리 믿기지가 않네요."

"허허, 그래, 그럴 수도 있겠구나. 하지만 이 세상에는 꼭 나쁜 사람만 있는 것이 아니란다. 이번에는 이 할애비를 한번 믿어보는 것이 어떻겠느냐?"

그제야 카트리나는 고개를 끄덕였다.

"좋아요. 한번 믿어볼게요."

"허허, 고맙구나."

카미엘은 발을 동동 구르며 두 사람을 재촉했다.

"가, 가요! 돈도 벌었으니 실컷 먹어요!"

"하하, 그래, 가자꾸나."

노인은 두 아이의 손을 잡고 여관으로 향했다.

*　　　　*　　　　*

여관에 도착한 아이들은 정말이지 걸신들린 것처럼 미친 듯이 음식을 먹어치웠다.

"후루룩, 쩝쩝!"

"꺼억! 맛있다!"

마탑의 주인이자 엘란트론 대공으로 불리는 이시스는 안쓰러운 눈으로 두 아이를 바라보았다.

"그리 맛있느냐?"

"네! 배가 터져서 죽어도 좋을 만큼요! 세상에, 이런 따뜻한 음식이라니! 게다가 고기라니! 헤헤, 좋아서 죽을 것 같아요!"

"허허, 그렇다고 죽는다는 얘기를 하면 쓰나. 앞으론 죽는다는 소리는 입 밖에 꺼내지 말거라. 알겠느냐?"

"네!"

이시스는 벌써 열 접시째 음식을 비워내는 카미엘에게 넌지시 물었다.

"그나저나 카미엘, 너는 언제부터 그렇게 조각을 잘한 것이냐?"

"으음, 확실하지는 않아요. 기억이 날 때부터 그냥 쭉 해온 것 같아요."

"그럼 아주 어릴 때부터 조각을 했겠구나?"

"그렇지요."

그는 카미엘이 태엽을 만드는 모습을 직접 보고 싶었다.

"카미엘, 혹시 우리가 마탑까지 가는 동안 태엽을 만들어줄 수 있겠느냐?"

"얼마나 걸리는데요?"

"한두 달쯤?"

"두 달이면 충분해요. 제가 만들어서 판 강아지 인형은 일주일 만에 만들었거든요."

"일주일 만에 태엽을……."

"왜요?"

"아, 아니다."

이시스는 무려 500년 만에 제대로 된 후기지수를 만났다고 생각했다.

문하에 50명이 넘는 마법사를 두었지만 지금까지 살아남아 마법을 연구하는 제자는 단 한 명뿐이었다.

그마저도 이젠 거의 다 죽어가는 처지라서 그에게 남은 제자라곤 없다고 봐도 무방했다.

지독하게도 제자 운이 없는 이시스는 처참한 심경으로 마탑의 후예를 찾아서 전 세계를 떠돌아다니고 있었다.

벌써 몇 바퀴째 전 세계를 돈 것인지 모르겠지만 그가 처음 여행을 떠나 카미엘을 만난 것은 50년 만이었다.

그는 자신의 수명 역시 그리 길지 않다는 것을 직감하였기 때문에 카미엘이 더더욱 반가웠다.

'하늘이 나를 버린 것은 아니었구나.'

이시스는 카미엘의 곁에 있는 카트리나도 심상치 않다고 생각했다.

그녀는 일반적인 아이들의 사고방식과는 아주 다른 무언가를 가지고 있는 것 같았다.

이해타산이 빠르고 순발력이 좋은데다 머리 돌아가는 회전 속도가 남달랐다.

'저 여자아이 역시 보통이 아니다. 잘 키우면 여제가 탄생할 수도 있겠어.'

만약 이시스에게 바람이 있다면 카트리나는 잘 커서 공국을 물려받고 카미엘은 마탑을 물려받는 것이다.

지금 공국의 정식적인 주인은 이시스의 제자인 아트만이었다.

아트만은 어려서부터 몸이 약한데다 오랜 마법 수련으로 뇌에 종양을 얻었다.

만약 아트만이 아이라도 가졌다면 후계를 걱정하지 않을 텐데 그에겐 아이도 없었다.

더군다나 마법사 중에선 공국을 다스릴 만한 적당한 인재를 찾기가 힘들어서 지금 다른 후계를 세우는 것도 힘들었다.

그런데 만약 카트리나가 이대로 장성하여 제대로 된 생각만 갖게 된다면 공국은 수천 년을 영유하게 될 것이다.

이시스는 흥분을 감출 수 없었다.

'그래, 아직 속단할 수는 없지만 시작이 좋아. 말년에 운이 좋았다!'

그는 손가락을 튕겼다.

따악!

그러자 하늘에서 검은 복면을 한 사내 두 명이 떨어져 내렸다.

파밧!

그들은 이시스에게 읍하였다.

"부르셨습니까?"

"지금 당장 영지로 달려가서 적당한 후기지수들을 찾았다고 전해라."

"예, 알겠습니다."

이윽고 그들은 다시 자취를 감추었다.

파밧!

카미엘은 식겁해서 눈을 동그랗게 떴다.

"허, 허억! 저게 뭐야?! 사람이 아닌가?!"

"사람 맞단다. 다만 수련을 하도 오래해서 움직임이 빠른 것뿐이야."

"아아, 그렇군요. 저도 언젠간 저렇게 되고 싶어요."

"허허, 그래, 마법을 익혀 정신력의 집중이 늘어나게 되면 저런 행동도 가능해지지."

"좋네요!"

"그래, 좋구나. 일단 먹을 수 있을 만큼 다 먹고 오늘은 이곳에서 하루 자자꾸나. 그럼 내일은 마차를 타고 항구까지 갈 수 있을 거야."

"네!"

카미엘과 카트리나는 눈앞에 있는 음식을 모두 먹어치웠다.

*　　　*　　　*

며칠 후, 카미엘과 카트리나는 배를 타고 아스랄리안 해협을 건너고 있다.

솨아아아!

서부 대륙과 중부 대륙을 이어주는 아스랄리안 해협은 대체적으로 기후가 온난하고 바람이 잠잠하기 때문에 황금어장이 많이 분포해 있다.

카미엘은 아스랄리안 해협을 건너는 동안 돌고래 모양의 인형을 만들어냈다.

슥슥.

그가 즐겨 사용하던 칼로 돌고래를 조각하고 지느러미와 꼬리를 태엽과 연동하여 움직일 수 있도록 하였다.

이 주일, 카미엘은 이 복잡한 구조의 태엽 인형을 만드는 데고작 이 주일이 걸렸다.

이시스는 밤낮으로 그가 조각하고 태엽을 만드는 과정을 모두 다 지켜보았다.

그는 이 주일 내내 경탄을 내뿜었다.

도저히 일곱 살 꼬마 아이가 만들어낸 조각이라곤 상상할 수 없을 정도로 정교했고 그 손놀림 역시 예사롭지 않았기 때문이다.

이시스는 한 가지 결론에 도달했다.

'카미엘은 천재다! 그것도 인류가 시작하여 끝을 볼 때까지 태어날 그 어떤 아이보다 뛰어나다!'

이 주일 전 밤에 시작하여 오늘 아침에 조각을 끝낸 카미엘은 태엽을 감고 바닥에 돌고래를 올려놓았다.

끼릭, 끼릭.

그러자 돌고래가 바닥을 파닥파닥 뛰며 돌아다녔다.

"아쉽네요. 물에 놓았다면 헤엄을 칠 수 있었을 텐데."

"대단하구나. 이런 물건을 만들어내다니……."

"이번 물건은 신경을 좀 썼어요. 등에 있는 지느러미와 꼬리, 옆구리의 지느러미까지 만드느라 머리가 아팠거든요. 하지만 만들고 보니 별것 아니네요."

이시스는 물론이고 카트리나 역시 감탄사를 아끼지 않았다.

"…천재야. 넌 진짜 천재야."

"헤헤, 그건 아닌데. 아무튼 칭찬은 고마워."

이시스는 마법 서적을 들고 있는 카트리나에게 물었다.

"내가 내준 문제는 다 풀었느냐?"

"네."

"어디 보자."

이시스는 카트리나에게 룬어로 된 책을 주고 그것을 토대로 마법의 수식을 풀어내도록 했다.

그가 낸 수식은 과정에 따라서 서로 다른 답에 도달하게 되고 그 해답에 따라서 힘의 강도가 달라지는 마법 수식이었다.

이시스는 그녀가 풀어낸 수식을 보곤 흠칫 놀랄 수밖에 없었다.

'전혀 새로운 접근이다. 도대체 어떻게 이런 생각을 한 것이지?'

그는 카트리나에게 수식을 푼 방법에 대해 물었다.

"원래는 물을 뜻하는 룬어 네 개를 조합하고 불의 룬어 네 개를 조합하면 상극의 파괴 조합이 나온다. 그런데 어째서 빛의 수식이 나올 수 있던 것이냐?"

"물과 불이 만나면 서로 죽이는 파괴만이 남아요. 하지만 물과 불이 섞이면 서로의 단점은 죽이고 장점만 남을 수 있다고 생각했어요. 그래서……."

"빛의 수식이 나온 것이다?"

"네."

룬의 조합은 무궁무진하지만 그것을 제대로 포진시키고 힘을 발현하기란 쉽지 않았다.

그런 면에서 본다면 카트리나는 카미엘에 버금가는 천재라고 할 수 있었다.

'후후, 하늘은 나를 버린 것이 아니라 이 아이들을 가르치기 위해 시행착오를 겪게 하신 것이다. 틀림없다. 이런 수재들은 다신 나올 수 없어.'

이시스는 아주 만족스러운 미소를 지었다.

*　　　　*　　　　*

마탑에 들어와 수련을 쌓은 지 어언 5년, 카미엘은 이제 철로 만들어진 태엽 인간을 만들어 사용할 수 있는 경지에 이르렀다.

끼릭, 끼릭!

카미엘은 사람처럼 걸어 다니는 태엽 인형을 바라보며 웃었다.

"후후, 드디어……."

단순한 구조의 인형을 만들어 놀이에 사용하던 카미엘은 이제 관절까지 움직일 수 있는 인형을 만들기에 이르렀다.

지금까지 대륙의 그 어떤 장인도 인간의 모습을 한 인형을 만든 전례가 없었고, 그것이 구체적인 움직임을 보인 적은 더더욱 없었다.

그 모습을 지켜보던 마탑의 마법사들이 박수를 쳤다.

짝짝짝짝!

"카미엘, 대단하구나! 이 정도면 스승님의 꿈이 실현될지도 모르겠구나!"

"사부님의 꿈이요?"

"기계 마도학 말이다. 몬스터 코어로 만들어진 기계로 마도학을 펼치는 것이지."

"아아, 그런 방법이……!"

"이젠 태엽이 아니라 몬스터 코어를 활용하여 새로운 신경계를 만들어내는 방법을 고안해 내야 할 때가 아닌가 싶구나."

"으음, 하지만 그런 복잡한 것은 잘 모르는데요."

"아니, 그렇지 않아. 태엽에 연결하여 관절이 구체적으로 움직였다면 몬스터 코어를 만들어 생명을 부여하는 것도 어렵지는 않을 거야."

카미엘은 새로운 분야에 도전하는 것을 두려워하지 않았다.

"알겠어요. 한번 연구해 볼게요."

"우리는 너에게 거는 기대가 크단다. 우리는 언젠가 네가 마탑의 주인이 되어 인류에 무한한 발전을 가져올 것이라고 믿는다."

"그건 너무 부담이 되는데……."

"부담이 되어야지. 그래야 좋은 마법사가 될 수 있어."

"네, 알겠어요. 부담을 팍팍 가져볼게요."

"하하, 그래!"

마탑에 기거하는 마법사들은 순수한 학문을 연구하는 사람들이니만큼 때가 묻지 않은 순수함을 가지고 있었다.

학문을 가지고 경쟁하는 것을 좋아하지만 누군가를 시기하고 질투하여 사생결단을 내는 것은 원치 않았다.

때문에 카미엘이 처음 이곳에 와서 마탑의 주인인 이시스의 총애를 받았을 때에도 질투하는 사람이 한 명도 없었다.

아니, 오히려 카미엘이 언젠가는 자신들을 이끌 마탑의 주인이 되어주기를 간절히 바라고 있었다.

그들은 카미엘이 장성하여 새로운 학문인 기계 마도학을 구현할 수 있다면 목숨까지 바칠 수 있다고 생각했다.

하지만 같은 시기에 마탑으로 들어온 카트리나는 달랐다.

자신보다 훨씬 멍청하고 둔한 카미엘이 마법사들의 총애를 받으니 애가 탔다.

고아원에선 그녀가 단연 돋보이는 수재로 통하였지만 이곳에선 아니었다.

아무리 노력해도 진전이 별로 없는 자신과 카미엘을 스스로 비교하며 자괴감에 빠져든 것이다.

사실 그녀의 성취도 유독 남다르다는 소리를 들을 만했지만 스스로의 욕심에는 차지 않았다.

카미엘은 무려 마법사들의 수장이 될 사람이라고 추앙받고 있는데 자신은 아직까지 수식이나 짓고 있으니 답답해서 속이 터질 것 같았다.

멀리서 카미엘을 지켜보는 카트리나의 입술에서 피가 흐른다.

뚜두둑!

질투심을 참아내느라 무심코 입술을 깨문 것이다.

비릿한 쇠 냄새가 그녀의 목구멍을 타고 위장까지 내려왔다.

"…더러워."

그녀는 이내 고개를 푹 숙였다.

더러운 것은 자신의 입에 모인 피가 아니라 친구를 시샘하는 나쁜 마음이라고 생각한 것이다.

고개를 숙인 그녀에게로 이시스가 다가왔다.

"여기서 뭐 하고 있느냐?"

"사부님……."

"수식을 공부하라고 지시한 것 같은데?"

"압니다."

"아는데 왜 이곳에 있는 것이냐?"

"그건······."

이시스는 그녀의 어깨를 감싸주었다.

"카트리나, 내 말을 잘 듣거라. 카미엘과 너는 애초에 가는 길이 달라."

"길이 다르다니요?"

"카미엘은 마탑의 주인으로 성장하여 끝도 없이 인류를 위해 공헌할 사람이다. 하지만 너는 영지를 물려받아 대공이 될 사람이야. 카미엘이 마법을 수호한다면 너는 마법사들이 사는 이곳을 수호하는 사람이 되는 것이지."

그녀는 고개를 갸웃거렸다.

"저는 여자인데요? 그런데 어떻게 대공이 됩니까?"

"우리 공국의 전통은 마법사들이 만들어 나가는 거야. 물론 영지에 사는 사람들이 마법사만 있는 것은 아니다. 이곳에 사는 일반 시민도 있고 상인도 있어. 그렇지만 대공의 전통은 우리가 만들어 나가는 것이지. 이것은 마법사의 영토에 몰려들어 자리를 편 사람들이 인정한 것이다. 다시 말해, 네가 대공이 된다면 그들은 기꺼이 환영할 것이라는 소리지."

"그렇지만 저는······."

"안다. 마법사들의 인정을 받는 것이 더 좋다는 것을. 하지만 카미엘과 네가 갈 길은 엄연히 달라. 그것을 인정했으면 좋겠구나."

카트리나는 심란함을 느꼈다.

지금까지 마법사들에게 인정을 받기 위해 무던히도 노력했지만 결국 그녀는 마법사가 아닌 정치가, 혹은 군인이 될 운명이었던 것이다.

이시스는 자신의 손에 있는 반지를 빼내 그녀에게 건넸다.

"내 뒤를 이어 대공이 되어주겠느냐?"

"사부님⋯⋯."

"지금까지 대공의 자리에 앉은 제자들이 무려 열 명이나 죽었다. 그 아이들은 너희들보다 훨씬 어릴 때 내가 직접 거두어 키운 아이들이란다. 자식과 같은 아이들을 무덤으로 보냈을 때 이 마음은 찢어져 피가 터졌어."

죽은 제자들을 생각하는 이시스의 눈시울이 붉어졌다.

그는 자신이 오랜 세월을 산 것을 비탄하였다.

"제자들을 앞세운 늙은이는 절망에 빠질 수밖에 없었다. 주변에선 이제 그만 제자를 떠나보내라고 하지만 어찌 그렇게 하겠느냐?"

"그런 사연이 있는 줄은 몰랐습니다."

그는 카트리나의 손을 잡았다.

주름지고 비쩍 마른 그의 손은 따뜻하였다.

"네가 나를 이어 또다시 변을 당할까 봐 무섭구나. 하지만 누군가는 해야 할 일이니 어쩔 수 없이 부탁할 수밖에."

그녀는 고개를 끄덕였다.

"사부님의 말씀을 따를게요."

"정말이냐?"

"네, 물론이죠."

그는 진심으로 환희하였다.

"고맙구나! 정말 고마워!"

"아닙니다. 사부님의 뒤를 잇는 것인데요. 제가 영광이지요."

이시스는 대관식을 가질 것을 암시하였다.

"앞으로 3년, 군주가 될 준비를 하여라. 마법을 공부하는 것도 중요하지만 대공으로서 갖추어야 할 것이 많아. 알겠지? 그 이후에 대관식을 치를 것이다."

"예, 알겠습니다."

카트리나는 오늘부로 진짜 군주가 되기로 마음먹었다.

*　　　　*　　　　*

20년 후, 사부 이시스가 죽고 카미엘이 새로운 마탑주가 되었다.

그는 기계 마도학의 기초 이론을 정립하고 최초로 몬스터 코어로 만들어진 아공간을 구현해 냈다.

이제 유페리우스 계는 새로운 변혁을 맞이할 것이다. 그리고 그 변혁의 중심에는 바로 카미엘이 서 있을 터였다.

그런 카미엘의 모습을 지켜보는 대공 카트리나의 눈에는 복잡한 심경이 섞여 있었다.

그녀는 카미엘이 뛰어난 마법사라는 것을 절감하였지만 자신은 이루지 못한 마법사의 꿈을 혼자 이루었다는 것을 아직도 질투하였다.

하지만 그 질투는 카미엘을 존경하는 마음을 만들어냈다.

질투를 느끼지만 그 질투가 자신과 카미엘의 차이를 인정하도록 종용한 것이다.

어느새 카트리나는 사랑의 감정을 느끼고 있었다.

이른 아침, 카미엘이 마탑 연무장에서 검술을 연마하고 있다.

쉬이이이익!

바스타드 소드를 들고 검무를 추는 카미엘의 팔에는 몬스터 코어로 만든 장치가 달려 있었다.

코어에 그의 마력을 저장시키고 그것을 토대로 강력한 힘을 발현할 수 있었다.

카미엘은 이것을 통제기라고 불렀다.

통제기를 장착하고 검무를 추는 카미엘에게 카트리나가 말했
다.

"오늘도 역시 수련이네."

"어라? 언제 왔어?"

"방금."

그는 윗옷을 벗고 있었지만 그녀 앞에선 전혀 개의치 않았
다.

워낙 오래된 친구라서 그런지 카미엘은 그녀를 친구 그 이상
으로 생각하고 있었다.

어쩌면 카미엘에게 그녀는 친구보다는 가족에 더 가까운 존
재인 것이다.

카미엘은 그녀에게 식사 유무에 대해 물었다.

"끼니는 해결했어?"

"아직."

"그럼 같이 먹자. 나도 아직 식전이거든."

그녀는 고개를 저었다.

"아니, 오늘은 할 얘기가 있어."

"얘기? 먹으면서 하면 안 될까?"

"그럴 얘기가 아니야."

카미엘은 고개를 갸웃거렸다.

"무슨 얘기인데?"

"내 결혼에 대한 얘기."

그는 슬그머니 미소를 지었다.

"오오, 드디어 네 결혼에 대한 얘기가 나오는 것인가? 하긴, 대공으로 즉위하고 너무 오랜 시간이 흘렀어. 국민들도 네 국혼에 대해 관심이 많아. 심지어 네게 문제가 있는 것이 아닌가 하고 오해까지 한다니까?"

"…그건 문제가 아니야. 적당한 남편을 찾았지만 그 사람이 결혼을 승낙할지 안 할지가 문제인 거지."

카미엘은 너털웃음을 지었다.

"하하하! 어떤 멍청이가 너 같은 미인을 마다한데?"

"내가 미인이야?"

"넌 거울도 안 보냐? 너보다 예쁜 여자가 어디 있겠어? 공국을 모두 다 뒤져봐. 너보다 예쁜 여자가 또 있나."

"…그럼 너는?"

그는 한참을 웃다가 무심코 그녀를 바라보았다.

"나? 내가 뭐?"

"넌 어떠냐고. 내가 여자로서 어때?"

순간, 카미엘은 그녀의 말을 이해하지 못해 버벅거렸다.

"뭐, 뭐라고? 네가 어떤 여자 같으냐고? 미인이라니까?"

"…아니. 넌 나를 아내로 맞을 생각이 있느냐고."

카미엘은 도대체 이 상황을 어떻게 이해해야 할지 고민하였다.

"도대체 이해가 안 되는데. 내가 왜 너를 아내로 맞이해?"

"내가 너를 남편으로 맞고 싶으니까."

"아니, 그러니까 왜?"

"네가 좋으니까."

그는 연신 고개를 갸웃거렸다.

"…이해가 안 되는데. 아무리 내가 좋아도 그렇지 카미엘을 남편으로 맞이하는 카트리나라고? 그림이 안 그려져."

"안 그려지겠지. 하지만 난 그려져. 너를 닮은 아들이 대공의 자리를 잇는 것 말이야."

카미엘은 일단 자리를 피하고 보았다.

"나, 난 먼저 가볼게. 깜빡하고 아침 강연에……."

"강연은 취소되었어."

"그럼 연구회에……."

"연구회도 취소되었어."

그는 자리를 피하려다가 이내 걸음을 멈추었다.

"이봐, 카트리나. 왜 하필 나야? 난 네 말처럼 똑똑하지도 않고 그저 기계만 아는 머저리인데 말이야."

"알아, 너 머저리인 것. 일곱 살 때부터 알고 있었지."

"그런데도 나를 남편으로 맞는 것은 무슨 심보야?"

"나도 몰라. 사람이 좋은 데 이유가 있나?"

카미엘은 그녀를 살며시 밀어냈다.

"미안하지만 너무 부담되어서 싫어."

"…어째서? 내가 예쁘다면서."

"당연히 예쁘지. 너는 내 소중한 친구니까. 친구가 예쁘지 않으면 도대체 누가 예쁘겠어?"

"그러면서 나를 버리겠다고?"

"그, 그런 말이 아니잖아. 어떻게 말이 그렇게 와전이 되냐?"

"그럼 뭔데?"

그는 결혼 대신 다른 방법을 선택했다.

"그럼 교제부터 하자."

"교제?"

"친구가 아니라 연인이 되는 거지. 연인부터 시작해 보고 내가 네 남편이 될 자격이 있는지 알아보면 되잖아?"

카미엘의 제안에 그녀는 한발 물러나기로 했다.

"뭐, 좋아. 네가 정 그렇다면 연인부터 시작하자. 그럼 너는 부마 후보가 되는 거야. 그건 인정하자?"

"후보, 좋아. 인정할게."

"그럼 오늘부터 우리는 연인이다?"

"그래."

그녀는 카미엘의 얼굴을 두 손으로 잡았다.

턱!

"…뭐야?"

"뭐긴, 연인이 되었으니 키스부터 해야지."

"어, 어어……?"

카트리나는 카미엘의 입술을 빼앗아 버렸다.

츄웁!

두 사람은 태어나 처음으로 하는 키스에 경직을 유지하고 있었다.

하지만 그 느낌이 전혀 나쁘지 않았다.

결국 부드럽게 구강과 혀를 움직이고 고개도 적절히 이용하면서 남들이 다 하는 키스를 완성해 냈다.

잠시 후, 눈을 뜬 그녀가 카미엘에게 물었다.

"어때?"

"…좋은데?"

"그럼 한 번 더 할까?"

"좋지."

두 사람은 그제야 서로에 대해 눈을 뜬 것이다.

＊   ＊   ＊

3년 후, 마탑회의가 소집되었다.

마법사들은 카미엘의 혼사를 종용하는 목소리를 냈다.

"탑주님, 이제 슬슬 혼사를 결정하셔야 합니다. 우리 마탑도 후계 구도를 정확히 해야 마법사들이 불안해하지 않을 것입니다. 지금과 같은 상황이라고 한다면 후계 구도가 불안하던 이시스 님 때와 별반 다를 것이 없습니다. 사부님이 왜 노신을 이끌고 전 세계 방방곡곡을 돌아다녔는지 잊지 않으셨겠지요?"

"그렇긴 합니다만……."

카미엘에겐 아직 대업을 완수하지 못했다는 부담이 뒤따르고 있었다.

마탑이 공국과 직접적인 연관이 있기 때문에 부마도위가 되는 순간 그는 정치적인 관계에 얽히게 될 것이다.

그 복잡한 공생 관계의 주축에 서게 되면 연구의 자유를 박탈당할 수도 있다는 생각에 결혼을 자꾸 뒤로 미뤄온 카미엘이었다.

하지만 이것은 카트리나에게도 아주 중요한 문제였다.

그녀 역시 마법을 수련하고 몇 번의 탈피를 거듭하였지만 실제로 먹는 나이는 숨길 수가 없었다.

겉모습이야 젊고 아름다운 그녀이지만 세간에선 그녀를 철지난 노처녀 취급하고 있었기 때문이다.

"대공의 입장도 생각하셔야지요."

"카트리나의 입장……."

"언제까지 탑주님만 생각하면서 기다릴 수는 없는 노릇 아닙니까? 본인이 결정을 내리지 못하면 약혼녀가 피해를 볼 뿐입니다."

카미엘은 이제 결단을 해야 할 때가 왔다고 생각했다.

"좋습니다. 그럼 카트리나와 상의한 후에 내일 결론을 내겠습니다."

"알겠습니다. 양단간의 결정을 내려주십시오."

결단의 중심에 선 그는 마음이 무거워졌다.

그날 밤, 카미엘은 카트리나와의 저녁을 함께하고 있다.

<u>쪼르르르.</u>

와인을 앞에 둔 그는 식사는 하지 않고 계속해 술만 퍼마시고 있었다.

그녀는 그런 카미엘을 달갑지 않은 시선으로 바라보았다.

"탑의 주인이라는 사람이 매일 그렇게 술을 퍼마시면 어째?"

"괜찮아. 나는 술에 영향을 많이 받는 사람이 아니니까."

공국 최고의 술꾼으로 손꼽히는 카미엘은 마법사뿐만 아니라 영지 내 기사단과도 끼니마다 술판을 벌이곤 했다.

그런 그의 호쾌한 모습이 국민들의 지지를 얻긴 했지만 정치가들의 입장에선 그리 달갑지만은 않았다.

마법사들의 수장이 주야장천 술만 퍼마시는 모습이 바람직하지 못하다고 생각한 것이다.

그녀는 마법으로 카미엘의 잔을 빼앗아 버렸다.

스윽!

잔을 빼앗긴 카미엘이 떨떠름한 표정을 지었다.

"그렇다고 잔을 빼앗으면 어떻게 해?"

"그만 마셔. 보기 좋지 않아."

벌써부터 바가지를 긁는 그녀에게 카미엘은 강한 불만을 표시하였다.

"내가 마법사단, 기사단과 친분을 유지할 수 있는 방법은 술뿐이야. 그런데 술을 빼앗는다고?"

"그거야 네가 거리의 흔한 마법사였을 때의 얘기지. 네가 앉은 자리는 그리 가볍지 않아. 그저 마도학만 연구하는 사람이 아니라고."

"알아. 그러니까 연합체를 유지하려는 것 아니야?"

"그래도 술은 아니야. 다른 방법을 찾아봐. 마법대회라든지 네가 잘하는 검술대회라든지."

"그런 꽉꽉한 자리는 나와 맞지 않아. 나는 경쟁을 싫어하니까."

"경쟁자 없이 올라왔다고 경쟁을 싫어하다니, 그럼 앞으로 우리 공국은 영원히 발전할 수 없을 거야."

"그걸 조율하는 사람이 공왕 아닌가?"

그녀는 테이블을 주먹으로 내려쳤다.

쿵!

순간, 카트리나의 표정이 싸늘하게 굳었다.

"…사부님께서 나에게 공국을 물려주신 것은 맞아. 하지만 네게도 일부 책임이 있어. 마탑의 주인은 공국을 지킬 사명도 함께 가지고 있거든."

"알아."

"그럼 어떻게 행동해야겠어?"

"평화를 지켜내야지."

"술만 퍼마시는 것이 평화를 지키는 일이야?"

"일조를 하지."

"하지만 그것은 기사와 마법사들이 있을 때의 얘기지. 지금은 그들이 곁에 없잖아?"

"곁에 있다고 마시고 없다고 안 마시면 겉과 속이 다른 사람이지. 그게 어찌 마탑의 수장이라고 할 수 있겠어?"

"…입만 살았군."

"뭐?!"

순간, 카미엘의 눈동자에서 푸른색 안광이 뿜어져 나오기 시작했다.

스스스스스스!

카미엘의 분노가 몸 밖으로 표출되는 경우는 거의 없었다.

그러나 카트리나와의 설전을 벌일 때엔 예외로 이런 경우가 있었는데 그녀는 그때마다 상처를 받았다.

"…넌 내가 그렇게도 싫니?"

"뭐라고?"

"내가 얼마나 싫으면 안광까지 번쩍이며 화를 내?"

그제야 카미엘은 자신이 경솔했음을 고백했다.

"미안. 네가 너무 편해서 그런가 봐."

"편하다고 그렇게 화를 내? 내가 너에게 진심으로 화를 낸 적이 있어?"

"아니."

"그런데 넌 나에게 걸핏하면 그렇게 화를 내. 내가 너에게 싫은 소리를 하는 것도 다 애정이 있어서 하는 것인데, 넌 그렇지가 않아."

카미엘은 고개를 저었다.

"아니, 나도 애정이 넘쳐. 너를 사랑한다고."

"사랑하는 사람에게 그런 식으로 행동한다고? 말도 안 되는 소리."

카미엘은 테이블을 박차고 일어섰다.

"그만할게."

"잠깐. 얘기 끝나지 않았어."

"싫어. 들어봤자 또 화만 낼 것 아니야?"

"그렇다고 이렇게 자리를 피해?"

"더는 화내는 모습을 보고 싶지 않기 때문이야."

"…항상 이런 식으로 대화를 회피해 버리지. 네가 이런 식으로 행동하는데 우리 관계가 나아질 것 같아?"

"그건……."

"차라리 끝내자. 이렇게 평생을 살아야 한다면 지금 끝내는 것이 옳아."

카미엘은 이내 표정을 굳혔다.

"진심이야?"

"응."

"좋아, 네가 그렇게 생각한다면 나 역시 예비 부마 노릇할 생각 없어. 다른 남자를 찾아봐."

"……."

"간다."

그는 매몰차게 돌아섰고, 카트리나는 이내 눈물을 쏟았다.

*   *   *

유페리우스 계의 마지막이 도래하였다.

우르르르릉, 콰앙!

중간계 연합군은 몬스터 군단에 패배하여 후퇴를 거듭하였다.

결국 엘프족을 필두로 모여든 방어 병력이 대패하여 깨져 버리고 드워프 일족은 결사항전을 벌이다 전멸하였다.

카미엘은 세계수와 엘프족 여왕에게 아공간을 통하여 유페리우스 계를 떠날 것을 제안했다.

숲과 나무의 종족에게 생명과 축복을 내리는 세계수라면 어디에서든 새로운 생명을 꽃피울 수 있을 것이다.

그는 자신이 구해 온 마정석과 가공 몬스터 코어를 내밀었다.

"이 정도 양이면 세계수 님과 여왕께서 아공간을 열어 떠날 수 있을 겁니다."

"하지만 제가 떠나면 숲의 친구들은……."

"어쩔 수 없습니다. 이대로 세계수와 여왕님이 운명을 다한다면 이 생명들은 다신 꽃을 피울 수 없을 겁니다."

세계수 안에는 숲을 구성하는 모든 생명의 씨앗이 담겨 있었다.

이 씨앗을 이용하여 다시 씨를 뿌릴 수 있다면 유페리우스의 번영은 다시 이뤄질 수 있을 터였다.

카미엘은 엘프족 여왕 엘레니아의 손을 잡았다.

"여왕님, 먼저 가십시오."

"만약 그랬다가 당신을 만나지 못하면요?"

"그건 운명이 우리를 허락하지 않음이겠지요."

엘프족 여왕 엘레니아는 고개를 내저었다.

"우리는 운명 공동체입니다. 이대로 떠날 수는 없어요."

"하지만 당신이 죽으면 엘프족도 끝입니다. 그걸 잊지 마세요."

"…알겠어요."

그녀는 세계수에 마력을 불어넣어 엘프족의 아공간을 열었다.

스스스스스스!

나무와 풀로 이뤄진 아공간으로 엘프족 여왕과 세계수가 빨려들어 갔다.

슈가가가각!

카미엘은 그 모습을 아련하게 쳐다보았다.

"부디 번성하기를 바랍니다."

아공간을 통해 이동한 그들이 만날 확률은 그리 높지 않았다.

정말로 인연이 깊다면 그들이 다시 만날 수도 있겠으나 그것은 꿈같은 소리였다.

이제 카미엘은 고개를 돌려 자신의 고향인 엘란트론 공국을 바라보았다.

엘란트론 공국은 엘프들의 숲에서 대략 400㎞ 떨어져 있었
다.

지금쯤 엘란트론 공국 역시 몬스터들의 침공을 받아 최후의
결전을 벌이고 있을 터였다.

연합군의 수장으로서 몬스터들을 막느라 여념이 없던 카미
엘은 고향을 생각하지 못했다. 그것은 인류를 위한 일이었으나
그 마음이 좋지는 않았다.

그는 곧장 고향을 향해 달렸다.

*   *   *

쿠구구구궁!

카미엘의 고향 엘란트론은 이미 폐허가 되어 있었다.

그는 다급한 마음에 백색 마탑으로 달려갔다.

"끄윽……."

"장로님!"

"…탑주께서 오셨군요. 오랜만에 돌아오셨는데 이런 볼썽사
나운 모습을 보여 면목 없습니다."

"아닙니다. 당신은 명예롭게 싸우다 이렇게 된 것 아닙니
까?"

"쿨럭쿨럭!"

장로 미티엘은 이내 목숨을 잃었다.

"으허!"

"미, 미티엘!"

카미엘이 그를 잡아 흔들었지만 좀처럼 일어날 생각을 하지 않았다.

이윽고 카미엘은 마탑을 타고 올라가 생존자가 있는지 알아보았다.

"…다 죽었다. 다 죽었어."

이제 마법사들 중에서 살아남은 사람은 오로지 한 사람, 카미엘뿐이었다.

순간, 카미엘은 자신의 첫사랑이자 옛 연인이던 카트리나가 생각났다.

"그녀는?!"

곧바로 공왕성으로 달려갔지만 살아남은 사람이 없었다.

그나마 기사단장 에트릴이 대검에 몸을 기대어 카미엘을 맞이했을 뿐이다.

공왕성 왕좌 옆에 앉은 에트릴이 피를 토하며 카미엘의 이름을 외쳤다.

"마법사의 수장께서 오셨다! 예를 갖추어라!"

"에트릴……."

"쿨럭쿨럭!"

카미엘은 죽어가는 에트릴에게 다가갔다.

그는 죽는 순간까지 미소를 지었다.

"…카미엘 님께서 오셨으니 이제 제가 할 일은 다 했습니다."

"그게 무슨 말이야?"

"…공왕께서 카미엘 님이 돌아오실 때까지 이곳을 지키라고 명령하셨거든요."

"그럼 그녀는?"

에트릴은 더 이상 말을 잇지 못했다.

"우웨에에에엑!"

"에트릴!"

"…머, 먼저 갑니다. 다시 만나면 술 한잔할 수……."

털썩.

사방에 선혈을 뿌리며 죽은 에트릴의 손을 잡은 카미엘은 고개를 숙였다.

"…내가 할 수 있는 일은 아무것도 없었던 것인가?"

아마도 그녀는 몬스터들의 습격을 받아 목숨을 잃었을지도 모른다.

최근까지 몬스터들의 유전자를 체내에 축적하여 그 힘을 발현하는 연구를 해온 그녀는 이제 막 연구의 막바지에 도달해 있었다.

하지만 몬스터들은 그녀가 완전체가 되는 것을 원치 않았는지 그 미묘한 타이밍에 들이닥쳐 공국을 짓밟았다.

이제 카미엘은 철저히 혼자가 되었다.

＊　　　　　＊　　　　　＊

늦은 밤, 방구석에 앉은 카미엘의 눈동자가 천장을 향한다.

"다시 만나게 될 줄이야."

그녀를 처음 보았을 때엔 꿈을 꾸는 것 같았다.

한때는 자신의 가족이자 소중한 친구이던 그녀를 되찾다니 가슴이 벅찼다.

하지만 다시 그녀를 만나게 된다면 과연 무슨 소리를 들을지 겁도 났다.

아니, 그녀가 자신을 만나줄 것이라는 확신도 들지 않았다.

"잘 지내고 있겠지?"

카미엘은 씁쓸하게 웃었다.

같은 시각, 카트리나 역시 재활원 창문에 기대어 있었다.

그녀는 자신의 첫사랑이자 마지막 사랑인 카미엘의 얼굴을 떠올렸다.

"…제멋대로에 멍청이 카미엘."

그런 그녀의 얼굴에 미소가 피어올랐다.

"여전하구나. 그 미소, 그 숨결."

재활이 끝나면 그녀는 다시 카미엘에게로 돌아갈 생각이다.

이 세계에 그녀 혼자 남겨졌기 때문만은 아니었고 못다 이룬 예전의 사랑이 이제는 다시 시작될 수 있다고 생각했기 때문이다.

"기다려. 내가 곧 갈게."

그녀는 카미엘의 장난기 어린 미소를 가슴에 품었다.

『도시 마도사』 7권에 계속…

초대형 24시 만화방

신간 100%, 샤워실, 흡연실, 수면실(침대석), 커플석, 세탁기 완비

■ 시흥 정왕25시점 ■

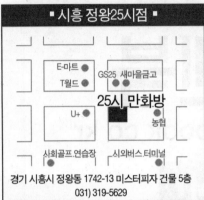

경기 시흥시 정왕동 1742-13 미스터피자 건물 5층
031) 319-5629

■ 강북 노원역점 ■

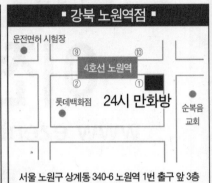

서울 노원구 상계동 340-6 노원역 1번 출구 앞 3층
02) 951-8324 (화용빌딩 3층)

■ 일산 정발산역점 ■

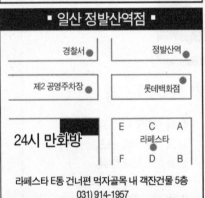

라페스타 E동 건너편 먹자골목 내 객잔건물 5층
031) 914-1957

■ 일산 화정역점 ■

경기도 고양시 덕양구 화정동 984번지 서일빌딩 7층
031) 979-4874 (서일사우나 건물 7층)

■ 부천 역곡역점 ■

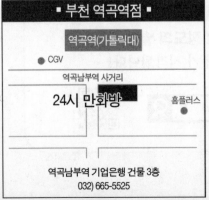

역곡남부역 기업은행 건물 3층
032) 665-5525

■ 부평역점 ■

(구) 진선미 예식장 뒤 한신포차 건물 10층
032) 522-2871